Ligue Patriotique Rouennaise

Tout pour la France !

Compte rendu des Travaux

de l'année 1896

Lu en l'Assemblée générale du 19 décembre

Rouen

Imprimerie Cagniard, Léon Gy, succ[r].

—

1897

A NOS CHERS LIGUEURS

LIGUE PATRIOTIQUE ROUENNAISE

« Tout pour la France! »

ANNÉE 1897.

MM. Lebon, A ✻, député, président d'honneur.

Laurent ✻, A ✻, maire de la ville de Rouen, président honoraire.

BUREAU.

MM. Emile Buisson, I ✻, président, 45, rue d'Eauplet.

Rollet, A ✻, conseiller d'arrondissement, vice-président, 24, chemin de Clères.

Sarrazin, vice-président, avocat, 31, place des Carmes.

Flour, pharmacien, secrétaire, 20, place Beauvoisine.

Simon, propriétaire, trésorier, 19 D, rue Marquis.

MEMBRES DU COMITÉ.

MM. A. Duval, trésorier honoraire, percepteur à Motteville.

Barbé (H.), journaliste, 67, rue Martainville.

Carliez, médecin, 43, rue Jeanne-Darc.

Compas, conseiller municipal, 5, rue Diderot.

Cottard, président de la Société colombophile *le Rapide*, 18, rue Periaux.

Debœuf, négociant, 57, rue Grand-Pont.

Gabriel Gravier, ✻, I ✻, secrétaire général de la Société normande de Géographie, 18, rue Alsace-Lorraine.

Hauzoux, préposé retraité d'octroi, 11, rue de la Vicomté.

Louvet (G.), propriétaire, président de la Société de gymnastique *l'Avant-Garde*, 25, rue du Mont-Gargan, conseiller municipal.

Léon Louvet, avocat, conseiller municipal, 35, rue Jeanne-Darc.

Paris, greffier, président de la Société des Sauveteurs hospitaliers de Rouen, 17, rue Traversière.

Peulvé, négociant, 57, rue Jeanne-Darc.

Pitot, banquier, 18, rue d'Amiens.

Quesnot, comptable, 12, rue Lafayette.

Robert, ✻, A ✻, conseiller municipal, prote au *Journal de Rouen*, 6, rue de la Montée.

Sourdives, président de la Société *les Anciens Militaires d'Elbeuf*, 57, rue du Renard.

Ligue Patriotique Rouennaise

Tout pour la France!

Compte rendu des Travaux

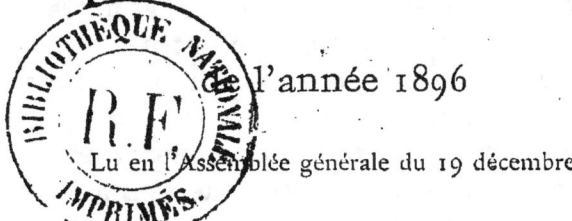

pendant l'année 1896

Lu en l'Assemblée générale du 19 décembre

Rouen

Imprimerie Cagniard, Léon Gy, succr.

1897

Le Comité de la L. P. R. appelle tout particulièrement l'attention de Messieurs les Ligueurs sur les
bulletins d'adhésion ci-joints. Tout ligueur a le droit
de présenter des adhérents, et c'est pour arriver à
ce but que le Comité les prie de les placer parmi
leurs amis, de manière à amener à notre œuvre
patriotique le plus de bonnes volontés.

Faire parvenir ces bulletins remplis et signés à
un des membres du Comité.

De plus, pour les aider dans cette propagande et
dans le recrutement de notre chère Ligue, il sera
mis chez le Secrétaire, à la disposition de ceux qui
en feront la demande, un ou deux exemplaires du
compte rendu.

D'autre part, nous rappelons que toute cotisation,
de n'importe quelle importance qu'elle soit, est
acceptée par le Comité.

Messieurs les Ligueurs sont aussi priés, dans le
cas de changement de domicile, de faire parvenir
leur nouvelle adresse à M. le Secrétaire, 20, place
Beauvoisine.

Ligue Patriotique Rouennaise

MESSIEURS ET CHERS LIGUEURS,

Pour notre instruction patriotique, nous vous mettons sous les yeux, en première page, une chanson militaire allemande apprise de nos jours, par nos ennemis :

« Frères, si nous n'avons pas un sou ; pénétrons en France, nous trouverons de l'argent là-bas.

« Frères, si nous n'avons pas de souliers, allons en France pieds nus ; là-bas on trouve à se vêtir et à se chausser.

« Frères, si nous n'avons pas de vin à boire, il y en a en France ; allons là-bas, nous défoncerons les tonneaux des Français.

« Frères, ne craignez pas de tirer ni de frapper ; toujours en avant, toujours contre la France et les Français. »

Il n'y a pas à ajouter de commentaires, mais nous remarquerons une fois de plus les hautes vertus germaniques.

Messieurs et chers Collègues,

Vous promettant dès ces premières pages de ne pas faire un compte rendu trop étendu, nous passerons sur les points secondaires pour atteindre de suite la relation des faits intéressant directement notre œuvre.

Parmi ces faits, nos cérémonies patriotiques occcupent la première place. C'est donc par elles que nous commencerons.

Je ne sais si en tous les milieux, le but moral poursuivi par la Ligue est apprécié comme il devrait l'être.

Je ne sais encore si on lui octroie toute la bienveillance à laquelle elle a droit. Mais ce que nous constatons, et avec nous bien d'autres, c'est que nos cérémonies sont plus goûtées de la foule que précédemment, qu'elles prennent une importance qui devient comme une nécessité.

Nos dates fixes, premier dimanche de juillet et 1er novembre sont attendues avec impatience et, disons-le, il manquerait quelque chose aux habitudes de la sage et patriotique population rouennaise si une de ces cérémonies patriotiques lui faisait défaut.

C'est donc reconnaître leur utilité.

Voici près de quinze ans que chaque année nous nous rendons au Monument du Mobile, et l'intensité de ce mouvement va toujours en s'accentuant.

N'est-ce pas là, Messieurs, le plus bel encouragement qui puisse nous arriver. Ce soutien de la voix du peuple si pénétrant, si juste souvent, nous est cher, et cela s'explique.

Nous touchons par nos manifestations aux sentiments les plus intimes, aux choses du cœur. Nous réveillons les douleurs anciennes déjà, mais non oubliées.

N'est-ce pas là d'ailleurs le tableau réel de la vie, et en établissant ce parallèle de la joie la plus intense avec celui des douleurs les plus vives, ne forme-t-on pas le contraste puissant qui fait ressentir plus vivement les unes et les autres?

Tout ceci nous attache donc de plus en plus à notre œuvre. Elle était utile autrefois, maintenant elle est devenue nécessaire.

Du haut en bas de l'échelle sociale, elle est comprise, appréciée, et nous vous dirons encore que les félicitations qu'on nous adresse, nous ne les méritons pas.

Nous remplissons tous, Messieurs, un devoir, un devoir sacré qui n'a plus besoin de nous être commandé par nos statuts, parce que ce sont nos cœurs qui le dirige, et si nous avons quelque satisfaction à recueillir, elle ne peut et doit être confinée au fond de nous-mêmes avec le simple contentement d'avoir humblement rempli un devoir.

C'est donc, guidé par ce sentiment, que nous allons relater notre cérémonie du 5 juillet dernier.

CÉRÉMONIE AU MONUMENT DU MOBILE

MAISON-BRULÉE

Une grande partie de vous, Messieurs, a encore devant les yeux ce spectacle du Monument du Mobile, entouré d'une foule respectueuse, enveloppé dans les plis des bannières et des drapeaux aux couleurs si chères à tous et flottant à une brise légère.

Vous voyez encore son socle jonché de fleurs et de couronnes, le tout vivifié par les rayons d'un soleil éclatant de lumière.

Tous entendent encore les chauds appels de clairons ainsi que les chants qui en s'élevant dans les airs enlevaient aussi nos cœurs de nos poitrines, nous transportant ainsi dans une sphère où toute matérialité disparaît pour ne laisser vivre que nos âmes de patriotes.

Cette cérémonie, par son côté de grandeur, ressemble à ces hautes manifestations de patriotisme où tous les citoyens devenus frères dans un élan irrésistible s'unissaient, s'embrassaient et venaient s'inscrire pour prendre les armes pour la défense de la Patrie et aller ensuite combattre contre les alliés qui avaient juré la perte de la France.

En effet, devant cet impressionnant Monument du Mobile, on devient tous frères : les conditions n'existent plus, un seul sentiment anime les cœurs ; l'amour sacré de la Patrie, une, indivisible, et après... on se sent meilleur, plus humain, plus compatissant, on n'a plus qu'un mot à la bouche : Ma France chérie.

C'est qu'aussi on vient de glorifier, de fêter une mère, une mère bien-aimée, recueillie encore dans son deuil, et qui ne peut se consoler de la perte de deux de ses enfants, mais qui cependant se réjouit aux marques d'amour de ses autres fils

En reprenant donc notre programme, nous avons tout d'abord entendu le salut au drapeau, appel vigoureux qui fait découvrir les têtes, pencher les fronts, et saluer profondément cet emblème que nous ne pouvons voir sans un certain tressaillement de nous-mêmes. Puis l'excellente musique, l'Union musicale de Bourg-Achard, dirigée avec tant de dévouement par M. Persac, nous a fait entendre une marche funèbre, *le Champ du repos*. Morceau joué avec beaucoup de sentiment.

La série des discours a ensuite commencé et a débuté par celui de notre si estimé président, M. Emile Buisson, qui, en la circonstance, a été de nouveau admirablement inspiré.

Le voici d'ailleurs dans toute sa teneur :

« MESSIEURS,

« Ce n'est pas sans une profonde joie que la Ligue Patriotique Rouennaise voit arriver chaque année le premier dimanche de juillet.

« Cette date, impatiemment attendue par toutes les Sociétés de notre région et par la population, nous démontre l'utilité et la grandeur de l'œuvre entreprise.

« Les autorités, en se rendant à notre invitation, nous permettent d'apprécier le degré d'estime et de considération qu'elles ont pour le but poursuivi, et tout ce concours de bonnes volontés est la seule récompense que nous ambitionnions.

« Cette année, les attractions de toutes sortes qui existent à Rouen auraient pu nous faire craindre une diminution dans le nombre de nos fidèles, mais jetez les yeux autour de vous et voyez, Messieurs, la quantité considérable de ceux qui nous entourent.

« Au premier rang sont les enfants de nos écoles ; chaque année, le Lycée Corneille, l'Ecole normale, l'Ecole primaire supérieure nous fournissent un contingent des plus respectables. Nous sommes fiers de ce concours empressé, mais les honorables directeurs de ces établissements, et avec eux l'autorité supérieure, ont compris, il y a longtemps, c'est-à-dire dès le début, combien était profitable pour la jeunesse, ce spectacle de sincères patriotes qui simplement, sans prétention, avec le concours d'amis, viennent célébrer aussi dignement que possible, la mémoire des modestes héros qui succombèrent ici pour la plus noble des idées :

« L'amour de la Patrie.

« Permettez-moi, Messieurs les Sénateurs des Landes, ainsi que vous Messieurs les Députés de l'Ardèche, de vous remercier de votre présence au milieu de nous. Elle est une preuve de votre patriotisme éclairé; plusieurs de vos collègues du Parlement et notamment ceux de l'Ardèche sont venus précédemment.

« Vous remporterez, je l'espère, la même impression qu'eux. Vous redirez à vos concitoyens, quel souvenir on conserve en Normandie des chers morts et de quel culte pieux et respectueux leur mémoire est entourée.

« Vous leur direz aussi que l'un des maîtres de l'art moderne, le sculpteur Aimé Millet, a mis tout son cœur au service de son immense talent et a produit ce chef-d'œuvre que dans le monde entier des Arts on appelle « Le Mobile » et que c'est dans un site ravissant, à deux pas du théâtre de leurs exploits, que l'on a édifié ce mausolée, digne du courage de leurs enfants.

« Vous ajouterez qu'une foule de plusieurs milliers de personnes répond tous les ans à l'appel de la Ligue, et que c'est avec un profond recueillement que chaque année les Rouennais et les Elbeuviens viennent tour à tour déposer ici, avec leurs couronnes, leur tribut d'hommages et de reconnaissance. Aussi, je remercie vivement M. le Préfet de la Seine-Inférieure, représenté ici par son sympathique secrétaire général, M. Rodière, qui, nouveau parmi nous, a su faire apprécier très vivement ses qualités d'administrateur et d'homme privé.

« Je remercie aussi M. le Maire de Rouen, notre ancien président, dans la personne de son premier adjoint, l'honorable M. Marcel Cartier, et je n'oublie pas mon ami M. Bourgeon, également adjoint au maire de Rouen, dont la présence ici me cause la plus vive satisfaction.

« Nous saluons respectueusement la venue parmi nous des représentants de la Nation, MM. Lourties, Pazat, Desmoulins de Riols, sénateurs des Landes, de MM. Marc Sauzet, Dindeau et Odillon Barrot, députés de l'Ardèche, et de MM. Danet, docteur Lesourd, Pourret, président, vice-président et secrétaire de la Société des Ardéchois de Paris.

« Notre reconnaissance leur est acquise pour la marque de sympathie qu'ils ont bien voulu nous donner.

« Nos remerciements aussi à M. Mouchel, maire d'Elbeuf et à M. Rabier, son adjoint dévoué, à l'Armée en la personne de M. le colonel Tulle, à MM. les Directeurs des établissements d'instruction, présidents des Sociétés et Sociétés dont les noms suivent ci-après :

« Vous allez entendre tout à l'heure, Messieurs, un de nos plus éminents artistes contemporains, M. Albert Lambert père, de l'Odéon. C'est un de nos vieux amis, et cette année, comme en 1895, nous avons eu le bonheur d'obtenir de lui une poésie de sa composition.

« Faire l'éloge de ce beau talent me paraîtrait déplacé. Vous entendrez, Messieurs, et vous applaudirez.

« Mais à côté de ce maître de l'Art, vos applaudissements s'adresseront tour à tour à l'Harmonie de l'Ecole professionnelle, à l'Union musicale de Bourg-Achard, qui, gracieusement vient se joindre à nous, et enfin, aux élèves de l'École normale et à leur distingué professeur, M. Henri Martin.

« Dans notre réorganisation, dans les moyens poursuivis avec tenacité, figurent au premier rang les Sociétés de gymnastique. Aussi voyez, Messieurs, comme elles sont nombreuses ici.

« La Rouennaise », l' « Avant-Garde » de Rouen, l' « Estafette » de la Mivoie, « la Ruche » d'Elbeuf.

« Tous ces jeunes gens au cœur fidèlement patriotique, sont l'espoir de la Patrie et comprennent l'utilité de cette cérémonie, aussi leur conconrs nous est toujours acquis.

« Que MM. les Présidents de chacune de ces Sociétés veulent bien les assurer de nos sentiments d'affectueuse gratitude et les prient d'agréer nos chaleureux remerciements.

« Un de nos bons collègues et amis du Comité, M. Cottard, président de la Société Colombophile le « Rapide », assisté de son dévoué vice-président, M. Rique, nous a offert de nous faire, pendant le défilé, un lâcher de pigeons, c'est avec reconnaissance que nous avons accepté cette offre si bienveillante et si généreuse.

« Au plaisir trop court, hélas ! que procure à la foule le départ si original et si mouvementé de ces gracieux messagers, nous ne devons pas oublier d'ajouter le côté utilitaire de ces courriers.

« Vienne la guerre et ses terribles conséquences, nous serons heureux de recourir à la vaillance de ces gentils volatiles élevés et entraînés par leurs propriétaires avec le plus grand soin et surtout avec le plus vif amour de ce qui touche à l'intérêt et à la défense de la Patrie.

« Merci donc, chers collègues Cottard et Rique, et dites aux membres de votre Compagnie combien nous apprécions le travail et le dévouement dont tous font preuve.

« Je termine, Messieurs, et je prie ceux d'entre vous que j'aurais pu oublier involontairement, de me le pardonner.

« Le Président de la Ligue est trop reconnaissant des témoignages de sympathie que l'on accorde à sa Société pour oublier

un seul de ses devoirs, et c'est avec confiance qu'il vous prie de
crier avec lui :

« Vive la France !

« Vive l'Armée !

« Vive la République ! »

C'est par des applaudissements nombreux que ces paroles ont
été accueillies.

Puis M. Rŏdiére, le nouveau secrétaire général de la Préfecture,
dans une improvisation chaude, dont nous regrettons beaucoup
de ne point posséder les termes, a rendu hommage aux soldats
de 1870-1871, et en particulier aux mobiles.

Il a reconnu que c'est à ces derniers que la France doit de
tenir son honneur intact, et, s'adressant aux jeunes gens, il leur
dit :

« Valeureux enfants, tout l'espoir de la Patrie repose sur vous.

« Vous venez ici puiser un enseignement sain, salutaire et for-
tifiant pour vos jeunes âmes de patriotes.

« Ecoutez et rappelez-vous surtout le récit des actes de courage, d'abnégation et de sacrifice de vos aînés qui, pour défendre
le sol natal, ont arrosé de leur sang les pierres de ces chemins, et
qui, face à l'ennemi, sont tombés glorieusement.

« Les échos de cette forêt pourraient encore nous répéter leurs
plaintes amères, non pas de mourir au printemps de leur vie,
l'abandon en était fait depuis longtemps, mais de n'avoir pu être
vainqueurs et de n'avoir pu refouler de notre belle Normandie
ces hordes d'ennemis qui ne devaient leurs succès qu'au nombre
incessant de combattants.

« Quand l'heure des comptes à régler sonnera, soyez vaillants
et forts. Invoquez alors l'image de votre bien-aimée Patrie, et
victorieux vous sortirez de cette nouvelle épreuve, ramenant dans
les plis radieux de vos drapeaux une France resplendissante de
gloire. »

Ces quelques paroles ont été extrêmement goûtées par la foule,
qui a su faire voir, par ses applaudissements, qu'elle en avait
compris parfaitement tout le côté délicat.

Le nouveau secrétaire général, M. Rodiére, représentait
M. le Préfet retenu à Paris. Il succède à un homme que nous
estimions tous, qui, par son caractère aimable, avait attiré la sympathie générale. Cette appréciation ne peut lui être exclusivement
particulière, car son distingué successeur à la Préfecture de la

Seine-Inférieure ajoute à la même distinction personnelle une affabilité qui nous a gagné dès les premiers instants. Il peut être donc sûr de rencontrer chez nous tous les sentiments d'une vive sympathie.

Au nom de la Municipalité, M. Marcel Cartier, premier adjoint, a pris ensuite la parole :

MESSIEURS,

« Laissez-moi tout d'abord remercier la Ligue Patriotique Rouennaise et son Président si dévoué du grand honneur qu'ils ont fait à la Municipalité de Rouen, que j'ai mission de représenter aujourd'hui, en l'invitant à cette manifestation commémorative.

« Je veux remercier la Ligue plus chaleureusement encore de l'occasion salutaire qu'elle offre à ses concitoyens d'honorer des morts chéris et de nous entretenir devant eux de nos malheurs et de nos espéranees.

« Nous avons éprouvé, Messieurs, en 1870-1871, des revers dont nous ne trouverions l'équivalent que dans un lointain déjà reculé de notre histoire.

« Tout semblait perdu ! Tout, hors l'honneur qui resta sauf, grâce à la résistance opiniâtre de Paris, grâce à la vaillance des régiments hâtivement formés en province, grâce surtout au courage, à l'abnégation de ceux dont nous célébrons la mémoire, et qui ont succombé sous les coups de l'envahisseur.

« Un quart de siècle à peine s'est écoulé depuis lors, et ce court intervalle a suffi pour nous relever de nos ruines et pour reprendre, dans le concert des puissances européennes, un rang dont nos ennemis nous croyaient irrémédiablement déchus. Quelque légitime fierté que nous ayons, souvenons-nous cependant que l'œuvre n'est pas achevée, et qu'il faudra, pendant bien des années encore, ajouter au labeur, à la sagesse de la veille, la sagesse et le labeur du lendemain.

« L'indépendance nationale est à ce prix.

« Or, l'indépendance vis-à-vis de l'étranger est le premier des biens : elle est la condition nécessaire de notre progrès politique et social, rien ne doit nous coûter pour la vouloir et la maintenir entière.

« Nous ayons des fusils, des canons perfectionnés, des frontières munies de forteresses, des armées nombreuses et savamment organisées, nous pouvons donc vivre tranquilles et tout attendre de l'avenir. Eh bien, non, Messieurs.

« Notre sécurité serait trompeuse, nos espérances illusoires si, au-dessus de ces moyens matériels de succès, nous ne placions la vigilance, la discipline, le courage, ces mâles vertus qui rendent les peuples libres et fiers.

« Et c'est ici, Messieurs, c'est à ces monuments qu'il nous faut revenir et retremper nos âmes dans une communion intime avec ces héros morts pour obéir aux lois de leur pays.

« Nous nous imprégnerons à leur contact de la forte conscience du devoir. A leur exemple nous apprendrons que le sacrifice de la vie même est aisé à ceux qu'anime l'amour de la Patrie.

« Est-il d'ailleurs une Patrie plus belle, plus digne d'être aimée que la nôtre?

« O France, ton génie reflète les plus nobles aspirations de l'esprit humain. Dans le monde entier, la générosité, le dévoue-ment, l'héroïsme, sont symbolisés par ton image. Nos cœurs battent plus fort quand ses aigles se déploient aux accents de l'hymne national, et c'est ton nom, ton nom sacré qui, sur le champ de bataille, entrouvre une dernière fois la bouche du sol-dat expirant.

« Que ce soit donc aussi le cri de : « Vive la France ! » qui porte aux glorieux morts couchés dans ce tombeau le pieux hom-mage de notre reconnaissance et de notre admiration. »

M. Marcel Cartier s'est révélé à nous par une grande élévation de sentiments. Son discours, fort bien dit, nous a émus et a ren-contré une approbation unanime. Nous éprouvons d'ailleurs, pour sa sympathique personne, une grande estime, et nous sommes très heureux de pouvoir en ces pages lui en faire part.

Il remplaçait notre dévoué président honoraire, M. Laurent, maire de Rouen, retenu par un deuil récent, et en cette circons-tance M. Laurent a pu juger de la vive sympathie, nous dirons même de l'amitié de nous tous par la part que la Ligue a prise au malheur qui est venu soudainement le frapper.

C'est ensuite M. Lourties, ancien ministre, sénateur des Landes, qui a prononcé le beau discours qui suit :

« Mesdames,

« Messieurs,

« Chers Jeunes Gens,

« Mes deux collègues, je devrais dire mes deux amis de la Représentation landaise au Sénat, et moi, nous ne sommes pas

venus ici pour faire des discours. Nous avons voulu simplement
nous joindre à vous pour accomplir un pieux devoir.

« Nous avons notre place toute marquée dans cette fête du
souvenir. Nos mobiles des Landes, de même que les mobiles de
l'Ardèche, ont, en effet, mêlé leur sang à celui des enfants de la
Normandie, dans cette année néfaste qui nous rappelle une des
pages les plus douloureuses de notre histoire nationale.

« Après la fraternité de la mort sur les champs de bataille, vous
leur avez donné à tous, sans distinction, la fraternité de la tombe.

« Je vous en remercie du fond du cœur au nom de mes com-
patriotes.

« Les monuments que la Ligue Patriotique Rouennaise a élevés pour honorer la mémoire des jeunes héros qui, comme leurs
grands ancêtres, les volontaires de la Révolution, surent garder
intacte, malgré la défaite de nos armées régulières, la foi dans la
Patrie française, et combattirent pour elle jusqu'à la mort, servent
d'abri à tous ces braves fils de France, et vos cœurs, comme les
nôtres, les confondent dans le même sentiment d'admiration et
de reconnaissance.

« Ils furent, en effet, de ceux qui contribuèrent à sauver, dans
ces jours d'épreuves, sinon l'intégrité du territoire, au moins
l'honneur, ce bien suprême pour les nations comme pour les in-
dividus.

« Soldats improvisés, ils tinrent tête, comme de vieilles
troupes exercées et aguerries, à un ennemi fortement organisé,
pourvu d'une cavalerie nombreuse et d'une artillerie puissante, à
un ennemi quatre fois supérieur en nombre et plus supérieur
encore en instruction militaire.

« Ils ont bien mérité de la Patrie !

« Que les jeunes générations, espoir de l'avenir, viennent
chaque année, à vos fêtes commémoratives, tremper leurs âmes
et fortifier leur patriotisme. Elles y apprendront quelles merveilles de dévouement peuvent enfanter, chez des Français dignes
de ce nom, ces mots magiques : « *La Patrie est en danger !* »

« Elles y apprendront ce qu'ont souffert, il y a vingt-cinq ans,
les générations qui les précédaient dans la carrière ; combien elles
furent abreuvées de douleur et de honte pendant la sombre année de l'invasion ; mais elles y apprendront aussi que ces générations, victimes de revers immérités, mais fidèles au souvenir de
ceux qui sont morts pendant l'année terrible, n'ont à leur tour
jamais désespéré de la Patrie.

« Grâce à elles et à celles qui ont suivi depuis nos malheurs, notre outillage militaire est arrivé à un degré de perfectionnement qui ne le cède sur aucun point à celui qu'ont atteint les meilleures armées modernes ; notre défense de terre et de mer est solidement organisée ; nòtre armée nationale est fortement constituée, et on peut dire que, toute entière à ses patriotiques devoirs, elle possède aujourd'hui à un très haut degré les qualités essentielles du soldat : le respect de la discipline, l'amour de la Patrie, le sentiment élevé du patriotisme, l'endurance, l'abnégation et le dévouement jusqu'à la mort.

« C'est grâce à la sagesse et à l'activité féconde de ces générations, si cruellement éprouvées mais inébranlables, elles aussi, dans leur foi en l'avenir de la Patrie française, que la France donne au monde aujourd'hui, vingt-cinq ans après l'épouvantable catastrophe de 1870, le réconfortant exemple de ce que peut, pour son relèvement, un peuple qui a le sentiment de sa force et qui a su grandir dans la paix fécondée et vivifiée par la liberté.

« C'est grâce à cette génération de vaincus que nous avons su conquérir de précieuses alliances, et qu'après avoir compté avant tout et par dessus tout sur nous-mêmes, nous pouvons compter désormais sur des amitiés solides et durables, faites d'intérêts communs et d'estime réciproque.

« C'est grâce à cette génération que nous pouvons regarder aujourd'hui avec moins de tristesse, et plus d'espoir, du côté de notre frontière de l'Est.

« C'est enfin, grâce au sentiment général de patriotisme qui anime ce pays, depuis le plus grand jusqu'au plus petit, depuis le plus vieux jusqu'au plus jeune, patriotisme qui se retrempe chaque année dans des fêtes du souvenir comme la vôtre, pour devenir un acier toujours plus résistant et plus pur, que, nous souvenant toujours du passé et ne perdant jamais de vue l'avenir, nous attendons, froidement résolus, avec le calme que donnent la force et le droit éternel, ce que le grand Patriote qui, en 1870, incarna l'âme de la Patrie, appelait dans son langage imagé la Justice immanente de l'Histoire.

« Nous sommes heureux, mes chers amis, permettez-moi de vous donner ce titre, d'avoir pu nous soustraire un jour à nos obligations parlementaires, et accomplir avec vous ce patriotique pélerinage.

« De loin, nos cœurs battaient déjà à l'unisson des vôtres ; nous avons voulu les sentir battre de plus près au souvenir de vos enfants et des nôtres fauchés en pleine sève sur vos champs de bataille, qui dorment côte à côte le dernier sommeil, et dont vos monuments perpétuent la mémoire.

« Nous avons voulu faire battre nos cœurs à l'unisson au souvenir de nos malheurs et au réveil de nos espérances.

« Nous avons voulu enfin communier avec vous dans l'amour de la Patrie et de la République, comme les enfants de la Gascogne, de l'Ardèche et de la Normandie ont communié ensemble en versant leur sang pour la Patrie française.

« Nous prenons rendez-vous ici pour chacune de vos fêtes, jusqu'au jour des Grandes Epreuves nationales, qui sera, je l'espère, le jour des Grandes Réparations. »

M. Lourties, en soulevant tous ces souvenirs, a remué bien des cœurs. Il a d'ailleurs prononcé ce remarquable discours avec un élan et une conviction patriotiques des plus impressionnants, et il a été interrompu plusieurs fois par de prompts et fréquents applaudissements.

A sa belle phrase : « Après la fraternité de la mort sur les champs de bataille, vous leur avez donné à tous, sans distinction, la fraternité de la tombe », nous lui dirons qu'en patriotes, en Français, notre fraternité s'étend à tous, mais qu'un sentiment plus tendre et plus douloureux va tout naturellement et principalement, à titre de consolateurs, aux parents des chères créatures qui reposent sous le Monument du Mobile.

Après M. le sénateur Lourties, c'est M. Danet, président de la Société amicale des Ardéchois qui nous a tenu quelques instants sous le charme de son éloquence.

Voici d'ailleurs en entier son remarquable discours :

« MONSIEUR LE PRÉSIDENT,

« MESSIEURS,

« En se rendant avec empressement à l'appel patriotique de la Ligue Patriotique Rouennaise, la Société amicale des Ardéchois ne fait qu'obéir au premier, au plus doux de ses devoirs : celui de la reconnaissance.

« Nous ne pouvons songer en effet, sans une émotion profonde, que depuis vingt-cinq ans, avec une piété filiale que le temps n'a pu ni décourager ni affaiblir, vous n'avez cessé de rendre hommage à nos chers mobiles de l'Ardèche, tombés glorieusement face à l'ennemi, et que vous les confondez avec vos meilleurs enfants dans un même sentiment de tendresse et d'admiration.

« Honneur à vous, Messieurs, et merci à tous. Notre Société vous en exprime sa gratitude. Aussi, par un vote spécial a-t-elle décidé que ceux des nôtres qui avaient combattu à la Maison-Brûlée, feraient partie de notre délégation.

« Ces braves sont aujourd'hui devant vous !

« Ils revivent en ce moment toutes les péripéties de cette journée meurtrière, mais si glorieuse du 4 janvier 1871 !... Ils se rappellent cette lutte héroïque mais inégale ! ils se souviennent qu'avec vos enfants, avec leurs jeunes frères d'armes de l'Eure, du Calvados et des Landes, ils ont fait noblement leur devoir, et que l'ennemi lui-même n'a pu s'empêcher de rendre hommage à leur tenacité et leur vaillance !

« Mais, leur pensée attristée va surtout à ceux pour lesquels la vie s'ouvrait alors pleine de promesses, qui n'en avaient alors recueilli que les sourires, et que les balles ennemies ont frappé à leurs côtés !

« En leur honneur, ils déposeront cette couronne, bien faible témoignage d'un suprême hommage et d'un souvenir fidèle et attendri.

« A nous ont bien voulu se joindre trois représentants de notre chère Ardèche, MM. les députés Dindeau, Odillon Barrot et Marc Sauzet, ils vous diront que votre souvenir est à jamais béni dans le moindre hameau de nos montagnes ; eux aussi, ils ont voulu apporter leur tribut d'admiration à tous ces héros obscurs que nous honorons aujourd'hui et qui étaient si dignes de remporter la victoire puisqu'ils ont su si bien affronter la mort.

« Que cette cérémonie si imposante et si touchante réconforte nos âmes et les pénètre des devoirs que l'avenir nous réserve ! Que les générations nouvelles y puisent le culte des morts et l'amour de la Patrie.

« La France restera toujours la grande nation ! Si dans cette guerre à jamais maudite, la force et le nombre ont pu avoir raison d'elle et triompher de sa vaillance, son âme est toujours restée aussi fière et toujours indomptable. Elle a droit à des jours meilleurs, et s'inspirant des grandes leçons de son histoire, elle met sa confiance inébranlable dans les ressources inépuisables de son immortel génie. Déjà, après vingt-cinq années de travail et de recueillement, elle s'est ressaisie et relevée plus puissante que jamais. Sûre de son droit, justement fière de son armée, qui est la noble gardienne de son honneur, elle a les yeux constamment fixés vers les cimes nuageux des Vosges !... elle regarde avec calme !... elle attend !... elle espère !...

2

« Cet espoir, Messieurs, le Dieu des armées le réalisera !...
Puisse-t-il ne pas le faire attendre !... Quand sonnera l'heure
suprême qui doit décider de notre existence nationale, que le
souvenir de ces morts glorieux se dresse·devant vous et vous
enflamme ! que leurs mânes tressaillent de joie en pensant qu'elles
vont être enfin vengées !

« Que nos jeunes phalanges marchent alors résolument en
avant en poussant le vieux cri de nos pères, celui qui a toujours
fait trembler et reculer nos ennemis, le cri de :

« Vive la France ! »

Pour plusieurs d'entre nous, il n'est point nécessaire de leur
présenter l'éminent avocat, Me Danet, et si nous employons cette
appellation, c'est qu'il la mérite justement et largement. En effet,
Messieurs, il est difficile de s'exprimer avec plus de charme, plus
d'éloquence, aidé en cela par une voix harmonieuse et une phy-
sionomie vive et des plus sympathiques. Son talent l'a fait connaître de tous les barreaux et tous l'ont entendu avec le même
plaisir que celui que vous avez éprouvé le 5 juillet dernier. Aussi,
sommes-nous heureux de l'avoir parmi nous, et est-ce avec une
joie réelle que nous vous dirons que M. Danet a promis de nous
revenir l'année prochaine.

C'est ensuite M. Dindeau, député de l'Ardèche, qui a eu le
tour de la parole.

« MESDAMES,

« MESSIEURS,

« Je dois au bénéfice d'être le plus ancien des députés de l'Ardèche présents à cette cérémonie, l'honneur de prendre la parole
après les orateurs qui viennent de nous faire entendre de si belles
et bonnes choses.

« Je ne ferai pas un discours, ne voulant pas abuser de la bienveillante attention de cette foule recueillie et si profondément
pénétrée des émotions qui nous étreignent tous.

« Je vous demande la permission de remercier tout d'abord et
bien cordialement, au nom du département de l'Ardèche,
M. Buisson, le si sympathique président de la Ligue Patriotique
Rouennaise et ses distingués collaborateurs de l'accueil si gracieux
qu'ils ont bien voulu nous réserver.

« Si je ne suis pas un Ardéchois d'origine, je le suis de cœur,
et les lettres de naturalisation qui m'ont été octroyées dans ce

généreux pays m'ont pénétré d'une reconnaissance qui ne finira qu'avec ma vie.

« C'est donc au nom des Ardéchois que je vous prie d'agréer l'expression bien sincère de notre bien vive et bien fraternelle reconnaissance pour les soins pieux dont vous continuez, avec la même ferveur qu'aux premiers jours, à entourer les restes glorieux de nos mobiles tombés ici pour la défense de notre commune mère, la Patrie française.

« Permettez-moi d'y joindre le témoignage de la sympathique admiration des Berrichons avec lesquels je m'efforçai, moi aussi, de faire mon devoir pendant cette douloureuse période de notre histoire contemporaine.

« Vous avez demandé à un grand artiste de perpétuer ici le souvenir de ces tristes journées et l'œuvre admirable d'Aimé Millet s'est dressée sur la tombe où dorment de leur dernier sommeil, fraternellement unis dans la mort, les braves de la Seine-Inférieure, de l'Ardèche et des Landes qui luttèrent coude à coude contre l'envahisseur allemand.

« A vous, jeunes enfants, qui assistez, le cœur ému, à ce réconfortant spectacle de la glorification de ceux qu'on n'a pas oubliés, je dirai : Regardez ce fier mobile dont le regard mâle fouille l'horizon et, l'arme au pied comme lui, lorsque votre tour sera venu, veillez sur la Patrie française que l'impéritie et la trahison ont laissé mutiler odieusement.

« Et si jamais vous sentiez votre confiance fléchir et votre ardeur hésiter, rappelez-vous les nobles accents de celui qui fut, aux jours sombres de 1870, l'expression la plus élevée du Patriotisme et de l'honneur national.

« Français, élevez vos cœurs et vos âmes au-dessus des « effroyables malheurs qui viennent de fondre sur la Patrie !... »

« Nous travaillerons, nous, jusqu'à notre dernier souffle pour rendre votre tâche plus facile. N'oubliez pas qu'il dépend de vous que la France et la République dont les destinées sont désormais inséparables nous redonnent dans le monde le rang que nous n'aurions jamais dû perdre. »

Ces paroles ont rencontré un assentiment général et les applaudissements qui se sont fait entendre en ont donné la preuve la plus certaine à M. Dindeau.

M. Marc Sauzet, député de l'Ardèche, a pris ensuite la parole :

« Messieurs,

« Je sens bien, à cette heure, qu'il m'est difficile de parler : Qu'ajouter, en effet, aux éloquentes paroles que vous venez d'entendre ?

« Mais je sens plus encore qu'il m'est impossible de me taire : devant cet hommage, à la fois si grandiose et si touchant, rendu par vous à des enfants de l'Ardèche, comment pourrais-je, député de Tournon, Ardèchois de naissance comme je le suis de cœur, comment pourrais-je rester témoin muet ?

« N'ai-je pas le devoir de dire aux Patriotes, organisateurs de cet anniversaire, l'émotion profonde qui étreint, chez nous, tous les cœurs, au récit d'une cérémonie pareille à celle-ci ? Quel Ardèchois ne vous serait reconnaissant de la fidélité du culte que vous avez voué à tous vos défenseurs de 1870, sans distinction d'origine ?

« Et pourtant, Messieurs, je ne prononcerai pas à votre adresse le mot de remerciments : entre citoyens d'une libre démocratie, entre fils de notre France, réunis pour célébrer le souvenir de nos aînés tués à l'ennemi, ce ne sont pas des formules de politesse qu'il convient d'échanger.

« Normands, Gascons et Cévennois, qui avons été frères aux jours des luttes désespérées, ce que nous apportons ici, tous les ans, c'est l'affirmation permanente de notre fraternité, c'est aussi la manifestation publique et solennelle de nos espérances communes.

« Plus d'un quart de siècle a passé sur les deuils, sur les douleurs, sur les angoisses de l'Année Terrible. Nous n'avons rien oublié, et nos drapeaux qui sont voilés de crêpe le montrent bien.

« Mais, dans leurs plis, à ce Moblot qui, là-haut, accoudé sur son fusil, interroge l'horizon, nous offrons autre chose et mieux que des larmes et des regrets stériles, autre chose mieux que le tribut d'une respectueuse admiration pour nos morts..., nous lui offrons le spectacle de la France ayant, enfin, reconquis son rang dans le monde, confiante dans les alliances que lui ont valu sa patience et sa sagesse, appuyée sur cette admirable Armée où elle verse, sans compter, son or et ses enfants.

« Et elle a prouvé, cette Jeune Armée, loin du sol de la Patrie, hélas ! sous des climats trop meurtriers, au prix des plus cruels sacrifices, qu'elle gardait toutes les qualités d'audace, d'intrépidité, d'endurance de notre race.., elle a prouvé que le souffle d'héroïsme qui anima si souvent nos vieux soldats animait encore nos petits conscrits.

« Cette Armée nationale, honorons-là, aimons-là passionnément. C'est le meilleur moyen d'honorer, comme ils veulent l'être, les Mobiles de 1870.

« Si, vraiment, nous avons au cœur ce que notre *Marseillaise* appelle « le sublime orgueil de les venger », si, vraiment, nous avons foi dans la revanche du Droit contre la Force, — oubliant nos querelles, nos divisions politiques, — aux pieds de ce soldat de la République qui regarde là-bas, vers l'Est, les Frères arrachés à la Patrie, nous pousserons un cri unique, cri d'espoir et de confiance dans l'avenir de la France : « Vive l'Armée ! »

A ces paroles remplies d'un si beau patriotisme, ont répondu immédiatement de chauds et répétés applaudissements. Nous nous y associons d'autant plus et avec d'autant plus de cœur que les sentiments exprimés avec tant de chaleur communicative par M. Marc Sauzet sont ceux que nous ressentons tous. C'est, en outre, pour nous une douce satisfaction de voir répondre à notre invitation des personnes occupant une situation élevée, comme celles de MM. les Sénateurs et Députés, et venir glorifier, exalter notre bien le plus cher : la Patrie.

Oui, Messieurs, vous avez mille fois raison d'assister à des cérémonies patriotiques, vous donnez là un précieux exemple, et plus l'exemple part de haut, plus il a de force et d'énergie.

La foule qui vous entourait était composée de patriotes fervents, et votre présence et vos paroles, vous pouvez en avoir l'assurance la plus complète, ont versé dans leur cœur une immense joie dont ils vous sont tous reconnaissants. M. Rabier, adjoint à M. le Maire d'Elbeuf, ainsi que M. Orange, conseiller général, nous ont aussi exprimé leurs sentiments de haut patriotisme. Le premier, par la situation élevée qu'il occupe dans cette ruche laborieuse d'Elbeuf, était bien placé pour se faire l'interprète de ses concitoyens, et il nous a prouvé que l'amour de la Patrie existe toujours aussi ferme, aussi tenace dans ce milieu laborieux qui concourt tous les jours par son travail à la grandeur de la Patrie et qui est dans son esprit l'objet de sa grande préoccupation.

M. Orange se trouve dans les mêmes conditions : ils ont raison tous les deux. Pour que les travailleurs aient l'assurance du lendemain, il leur faut la sécurité, et c'est le labeur de chaque jour qui fait l'homme fort et une nation grande.

Caresser donc de vaines utopies prêchées par des soi-disant camarades qui, eux, ne subordonnent que trop souvent les intérêts généraux à leur intérêt propre et particulier, c'est aller au devant de la ruine.

D'ailleurs, le nombre de ceux qui ne puisent pas dans le travail quotidien l'élévation personnelle est bien restreint dans notre courageuse France, et il ne faut pas croire que ceux qui possèdent travaillent moins que les autres. Pour tout individu intelligent, le travail devient une nécessité de l'esprit, commandé par le désir d'être utile à son semblable, et bien souvent c'est le premier qui dépense le plus en force et en énergie morales.

Arrière donc les théories trompeuses et mensongères qui plaident en faveur d'un état social qui ne s'appuie pas sur le travail.

Le travail représente l'émancipation de l'homme, il représente encore son bien-être et l'amélioration de sa propre existence ; il permet encore, par ses fruits, d'acquérir le coin de terre et le chaume qui abritera ses vieux jours ; et nous rappellerons toujours avec plaisir les belles pensées de celui qui a peut-être le plus aimé le peuple et qui, à l'encontre de certains agitateurs, a exposé plusieurs fois sa vie pour éteindre des luttes fratricides, Victor Hugo, pour que tous le reconnaissent, nous dirons avec lui :

Qu'est-ce que c'est que le travail ?

C'est l'élément générateur de la propriété.

Qu'est-ce que c'est que la propriété ?

C'est le résultat du travail.

Or, en logique pure, tuer la propriété, ce serait tuer le travail.

Revenons à notre manifestation.

Après toutes ces bonnes paroles frappées du sceau de la vérité, nous avons entendu un chœur chanté par les élèves de l'Ecole normale d'Instituteurs : l'*Hymne à la Patrie*, de Ch. Lenepveu. Rien ne fait plus plaisir que d'entendre des voix jeunes et fraîches interpréter avec tant de sentiment ce beau morceau musical. Ces jeunes gens sont d'ailleurs à bonne école. Leur distingué directeur, M. Henriot, nouveau venu au milieu de nous, nous arrive précédé d'une réputation qui le place parmi les chefs les plus estimés du corps enseignant.

Nous avons dans notre bibliothèque un petit livre dont le titre est : *Vive la France !* qui révèle la haute inspiration dont l'auteur était inspiré, et cet auteur est M. Henriot. L'élévation de pensée qui a conduit sa plume, le choix des citations ont été reconnus tellement bien appropriés, que le Conseil supérieur de l'Instruction a placé immédiatement dès son apparition ce recueil dans la main des enfants de nos écoles, et c'est toujours avec la même joie patriotique qu'on le feuillette et qu'on y puise les meilleurs sentiments envers la Patrie.

Revenant aux chers jeunes gens qui nous ont charmé, nous leur dirons un merci dicté par le bonheur de posséder leur si aimable concours, dicté aussi par une vive reconnaissance.

Quels bons maîtres ils feront par la suite, car ils auront comme exemple leurs maîtres d'aujourd'hui qui ont comblé leur cœur par un enseignement salutaire pour le génie de notre pays.

Puis est venue la bien belle poésie de M. Albert Lambert, de l'Odéon.

Quand on possède le bonheur d'entendre et l'auteur et l'interprète confondus dans l'artiste, et que cette personne est M. Albert Lambert père, on ressent une impression tellement pénétrante qu'on n'existe plus matériellement.

C'est un enivrement délicieux qui vous fait quitter la terre, et, suspendus à ses lèvres, on s'élève au sommet des sensations les plus diverses. On le suit mot par mot, et avec sa muse si bien inspirée, il vous fait passer, sans que l'on cherche à se débattre, par toutes les émotions, par toutes les passions qui peuvent agiter l'homme.

Les applaudissements frénétiques qui ont accueilli les vers de M. Albert Lambert sont minces récompenses, et s'ils expriment notre joie, notre admiration et notre reconnaissance, ils ne peuvent exprimer le ravissement dans lequel ils nous plongent. Aussi, à ces marques énergiques de notre gratitude, nous ajouterons un merci chaleureux qui part du fond de nos cœurs.

LA FLEUR DU SANG

ODE

A Monsieur Ernest Hendlé,
Préfet de la Seine-Inférieure.

I

Pendant combien de temps, pendant combien d'années,
Au jour dit, viendra-t-on, joyeux ou recueillis,
En foule, en groupe, en corps, hordes disciplinées,
Honorer ces vaillants tombés pour le Pays ?

Des enfants ont grandi depuis leur sombre Histoire,
Les coutumes, les mœurs ont changé; mais les cœurs
Se sont transmis toujours de mémoire en mémoire,
Le culte des vaincus, la haine des vainqueurs !

Et malgré les propos narquois, les railleries,
Que les hommes sans foi déversent aux croyants;
On viendra des hameaux, des villes, des prairies,
En foule, en groupe, en corps, honorer les vaillants!

Lorsque l'Époque approche, adieu toute fatigue !
On quittera la Fête et la Société,
Pour aller à son Cercle, à son Groupe, à sa Ligue,
Prendre fidèlement l'ordre du Comité.

Et l'on fera brosser avec soin l'uniforme
Que les méfaits de l'âge ont forcé d'élargir,
Et l'on astiquera, fourbira... pour la forme,
Les armes qu'on voudrait, hélas, mieux faire agir !

Puis on prendra son rang avec sa compagnie,
On marchera solide au pas et portant beau ;
Et que peut importer l'imbécile ironie ?
Elle s'envolera dans les plis du Drapeau !

La Jeunessse qui voit cela comme un spectacle,
Peut-elle en recevoir la mâle impression ?
Elle qui vint au Monde heureuse et sans obstacle,
Se demande : Pourquoi cette procession ?

Mais bientôt on se tait et le sourire hésite,
Car on s'est répété l'un l'autre la raison
De ce défilé grave, étrange et composite,
Que chaque année amène en la belle saison.

L'amalgame est bizarre, oui, sans doute, on s'embrouille
A compter : Orphéons, Coloniaux, Enfants,
Vétérans, Douaniers et Pompiers de La Bouille,
Gymnastes et Fanfare aux appels triomphants.

On voudrait bien railler cette troupe mêlée ;
Mais on a crié : Halte ! et ces soldats divers,
Fixes, devant l'austère et sombre Mausolée,
Ne voient plus autour d'eux que des fronts découverts !

Ouvriers, paysans, posant peu pour les charmes,
Semblent transfigurés devant le Monument
Où dorment leurs amis, leurs vaillants Frères d'armes,
Et nul n'est ridicule ici dans ce moment !

Chacun les applaudit, les envie, oui, peut-être !
Enfants et Vétérans... tous âges, tous états...
Les uns furent soldats, les autres doivent l'être,
Ce sont tous des soldats fêtant d'autres soldats !

Et Tous sont chaque année au Rendez-vous fidèles ;
Ils font bien d'amener les Enfants, c'est heureux !
Car ils peuvent leur dire en montrant ces modèles :
Vengez-les quelque jour ou bien mourez comme eux !

II

Mais du Pieux Devoir, les Fêtes seraient vaines,
    S'il n'en devait sortir
Que clameurs de Revanche, explosions de haines,
    Serments de repartir.

De reprendre un beau jour la terrible offensive,
    De vaincre et mordre au cœur,
Après quelque hécatombe horrible et décisive,
    L'ancien peuple vainqueur.

Ces cris sans action, ces serments inutiles
    Seraient tristes et vains
S'il n'en devait jaillir que fureurs infertiles
    Et qu'impuissants levains.

Non, elle va plus haut, cette cérémonie
    Constante et sans arrêt,
Elle a produit dans l'ombre une chose infinie
    D'un immense intérêt !

Ce sang dont les vaillants ont nourri cette terre,
Ces champs, ces bois épais,
Quelle fleur a-t-il fait germer dans le Mystère ?
Une seule : La Paix !

La Paix ! Trente ans bientôt de paix forte et féconde,
Vingt-six ans de clarté,
Que notre France a fait rayonner sur le Monde
Avec la Liberté !

Que réclamons-nous donc encor : Vengeance, Gloire ?
La Gloire est-elle tout ?
La Gloire ! Allons, Français, ouvre ta grande Histoire,
Elle en jaillit partout !

Elle en regorge, vois, lis à toutes les pages,
Feuillette tous les temps,
Elle éblouit, affole en foudroyants tapages
Les peuples haletants.

Que va donc réclamer, Gaulois, ton exigence
Quel formidable effort ?...
La Paix !... Mais la voilà la suprême Vengeance
Qui te fait riche et fort !

La Patrie a compris la sagesse opportune
D'attendre et d'assurer
Sa force, sa puissance et sa vaste fortune,
Elle peut différer !

Et remettre à plus tard les épreuves amères,
Les deuils et les assauts,
Surtout laisser longtemps encor rêver les Mères
A côté des berceaux !

Voilà ce qu'ont produit nos saints pèlerinages
A nos morts glorieux.
Ce qui fait méditer les fauteurs de carnages
Des peuples envieux !

Nos respects aux Vaincus, ce deuil patriotique,
    Porté sans déroger,
C'est le : « *Si vis pacem para bellum* » antique
    Dont frémit l'Étranger !

C'est ce qui lui redit : « Prends garde ! *Ils se souviennent !*
    Tous les ans, tous les jours !
Attendant le mot d'ordre, impatients, ils viennent
    Le demander toujours

« A leurs Morts, ces témoins des tactiques abstruses.
    Des complots meurtriers,
Où leur Vaillance aveugle expira sous les ruses
    Des noirs aventuriers. »

C'est ton sévère aspect, ô fière sentinelle,
    Dont leur esprit hanté
Semble voir par instant s'émouvoir l'éternelle
    Impassibilité.

Qui les fait réfléchir là-bas sur leurs embûches
    Et dévorer leur fiel ;
Et nous tient calmes, prêts à défendre nos ruches
    Toutes pleines de miel !

Vos défaites ont fait plus que tant de victoires,
    Rien que le souvenir
Que nous venons porter chaque année à vos gloires,
    Garantit l'Avenir !

Entretenant toujours l'héroïque Espérance,
    Secouant ses flambeaux
Aux yeux des Ennemis, vous défendez la France
    Du fond de vos tombeaux.

Nous sachant désarmés, ils étaient forts naguère ;
    Nos souvenirs constants
A vos Mânes, Soldats, n'ont pas créé la Guerre,
    Mais la Paix de Trente ans.

> Oui, trente ans bientôt que nous venons, Morts superbes,
>   Honorer vos grands cœurs,
> ~~Trente~~ ans que les Vaincus endormis sous les herbes,
>   Font trembler les Vainqueurs !

Albert LAMBERT.

La Bouille, 2 juillet 1896.

Dès les premiers vers, le poëte reconnaît notre persévérance à tous hôtes et invités en venant si ponctuellement saluer les restes de nos braves frères tombés pour le Pays, et il ne peut que nous être agréable de l'entendre dire d'une manière si délicate et surtout venant de l'éminent artiste que nous aimons tous.

Puis M. Lambert, enchaînant l'avenir au passé, la jeunesse à la maturité, il ajoute : « Bien des choses ont pu changer, se modifier depuis cette sombre histoire, mais reste toujours vivace le culte des vaincus, la haine du vainqueur. » Et il faut, pour bien se rendre compte de l'expression, entendre l'artiste même mettre une tendresse infinie dans ce souvenir aux vaincus et la colère amère qui envahit son cœur en parlant de la haine aux vainqueurs. Ensuite il exalte l'œuvre de reconnaissance publique, et dans un mouvement oratoire extrêmement intense, il dit, en cinglant avec violence : « Que peut la raillerie ou l'imbécile ironie des hommes sans foi et sans Patrie ; elle s'envolera dans les plis du drapeau. »

S'élevant ensuite graduellement, il constate l'enthousiasme toujours croissant de nos cérémonies. Tous s'y trouvent mêlés : enfants, vétérans, sauveteurs, coloniaux, citadins, paysans, douaniers et pompiers, gymnastes, écoliers, anciens militaires et anciens combattants ; tous les états y sont représentés, et c'est avec un profond respect que devant le mausolée on ne voit que fronts découverts.

Il les voit tous beaux, transfigurés, c'est que, dit-il, ils viennent en amis voir leurs amis, leurs vaillants frères d'armes tombés glorieusement, saintement pour la Patrie ; qui penserait donc à les ridiculiser ? Au contraire, on les applaudit, car il faut voir en eux des soldats venant fêter d'autres soldats.

Et revenant à nos chers enfants, il termine la première partie de son ode en disant :

> Vous faites bien d'amener vos enfants, c'est heureux !
> Car vous pouvez leur dire, en montrant ces modèles :
> Vengez-les quelque jour ou bien mourez comme eux !

Ces derniers vers ont été déclamés avec une telle ampleur, que l'on s'est senti remué profondément.

Continuant, l'auteur cherche à tirer une conclusion à tous ces souvenirs, à toutes ces fêtes patriotiques, et il entreprend l'apothéose de la Paix.

Pourquoi dit-il :

> Ces clameurs de revanche, explosions de haines,
>   Serments de repartir.
>
> A reprendre un beau jour la terrible offensive,
>   De vaincre et mordre au cœur,
> Après quelque hécatombe horrible et décisive,
>   L'ancien peuple vainqueur.
>
> Non, elle va plus haut cette cérémonie,
>   Constante et sans arrêt.
> Elle a produit dans l'ombre une chose infinie
>   D'un immense intérêt.

Et le narrateur, vous tenant de plus en plus, ajoute :

> Ce sang dont les vaillants ont nourri cette terre,
>   Ces champs, ces bois épais,
> Quelle fleur a-t-il fait germer dans le mystère ?
>   Une seule : la Paix !
>
> La Paix ! Trente ans bientôt. O paix forte et féconde,
>   Vingt-six ans de clarté
> Que notre France a fait rayonner sur le monde,
>   Avec la liberté !

Cette strophe, à peine terminée, a fait éclore des bravos difficilement contenus par l'austérité du lieu.

Après, l'auteur nous fait passer par tous les avantages que produit cette paix.

La chaleur qu'il y met entraîne tout l'auditoire, surtout quand il lui jette tout son passé glorieux à la mémoire :

> La gloire est-elle tout ?
> La gloire ! Allons, Français, ouvre ta grande histoire,
>   Elle en jaillit partout !
>
> Elle en regorge, vois, lis, à toutes les pages,
>   Feuillette tous les temps ;
> Elle éblouit, affole en foudroyants tapages
>   Les peuples haletants.

Puis après le tableau de cette gloire chèrement acquise, par un retour qui est propre à l'auteur, il ajoute avec un sentiment qui va droit au cœur et l'attendrit, il dit :

> Remettons à plus tard les épreuves amères,
> Les deuils et les assauts.
> Surtout laissons longtemps encor rêver les mères
> A côté des berceaux !

Passant rapidement aux derniers vers, M. Lambert rapporte aux vaincus le bénéfice de la paix ; leur sacrifice n'a pas été vain, la leçon a été rude, mais elle a profité, c'est ce qui lui permet de dire, s'adressant à l'ennemi :

> Prends garde ! Ils se souviennent.

Et plus loin :

> Oui, trente ans bientôt que nous venons, morts superbes,
> Honorer vos grands cœurs.
> Trente ans que les vaincus endormis sous les herbes
> Font trembler les vainqueurs !

M. Lambert a voulu, en plus de ce gage déjà donné d'une si bonne confraternité, nous fournir une nouvelle preuve d'amitié, et après notre très modeste lunch il nous a récité *Berceaux et Lauriers*, une des plus ravissantes poésies dont il est l'auteur, et dans laquelle on y reconnaît une aussi délicieuse forme, une aussi généreuse pensée.

L'analyse est d'ailleurs impuissante à en rendre l'expression chaude, si poétique, si printanière et si vivante dans la première strophe.

La troisième brille par son intensité guerrière :

> Le clairon sonne, le tonnerre
> Gronde dans les airs ténébreux.

La quatrième est empreinte d'une tristesse si profonde, que les larmes noient les yeux inconsciemment.

C'est la patrie blessée, symbolisée par la pauvre mère qui voit son enfant immolé.

Que de cœur, que de sentiment, et comme vous vous entendez bien, M. Lambert, à faire passer votre auditoire par toutes les douces et suaves émotions qui bouleversent les cœurs.

BERCEAUX-LAURIERS

> Faites des layettes,
> Voici les enfants !
> Mères inquiètes,
> Époux triomphants !

Jeunesse, espoir, bonheur, tout brille !...
Le voici donc, cet heureux jour
Qui va donner à la famille
La douce moisson de l'Amour.

Tapissez de langes
Les souples roseaux.
Pour les petits anges
Faites des berceaux !

Faites les bois sombres
Voici les secrets
Qui cherchent vos ombres,
Feuillages discrets !
Amour renouvelant ses flammes,
Fait rythmer sous les cieux contents
Le merveilleux duo des âmes
Par tous les oiseaux du Printemps !

Les ardeurs écloses
Ont fait leurs aveux ;
Effeuillez les roses,
Voici les Heureux !

Faites des armures,
Voici les soldats :
J'entends les murmures
Des prochains combats.
Le clairon sonne, le tonnerre
Gronde dans les airs ténébreux ;
C'est l'effroyable cri de guerre...
Honneur et Gloire aux valeureux

Adieu les doux rêves,
Pauvres passereaux !
Préparez les glaives !
Voici les Héros !

Faites des prières !
Voici les blessés,
Les noires civières,
Les morts entassés.

Voici les lauriers... Pauvres Mères
Voici les guerriers triomphants.
Cachez bien vos larmes amères,
On rougirait de vos enfants ! —
L'Orgueil et la Gloire
Sont sublimes seuls ;
Voici la Victoire !

. . . . . .

Faites des linceuls !

ALBERT LAMBERT.

Vous ne cherchez pas, cher M. Lambert, à vous dérober à notre appel, car vous connaissez parfaitement le but que nous poursuivons. Notre idéal est la Patrie, rien qu'Elle, et toutes nos actions ne tendent et sont en accord parfait avec notre devise : « Tout pour la France. »

Vous l'avez tellement bien compris, que votre beau talent vient de lui-même à notre œuvre.

Merci donc une dernière fois, et c'est de toute la Ligue Patriotique Rouennaise qu'il vous vient ce merci. Est-il nécessaire de dire que nous nous faisons une joie de donner à nos Ligueurs ce beau morceau en toute son étendue, que nous accompagnons d'appréciations réconfortantes pour notre patriotisme et pour notre œuvre ?

Messieurs, les élèves de l'Ecole Normale d'Instituteurs nous ont donné ensuite une nouvelle preuve de leur talent de chanteurs en nous interprétant l'*Amour sacré de la Patrie* d'Auber, qu'ils ont exécuté avec un admirable ensemble.

M. Henri Martin, leur si digne et si dévoué maître, nous donne la mesure et la force de son talent de professeur et on n'est guère étonné de rencontrer des élèves aussi capables quand on connaît celui qui les instruit.

Les applaudissements ont éclaté à cette nouvelle audition. On était heureux de fêter ces jeunes gens, et si ce n'est la chaleur qui, à ce moment, nous accablait, nous aurions demandé volontiers une répétition, mais nous avons préféré faire taire notre désir pour ne pas ajouter une nouvelle fatigue à celles déjà si lourdes de cette belle journée. Ces deux chœurs ont été conduits par M. Anne, élève de troisième année.

Une nouvelle sonnerie au drapeau s'est fait entendre, suivie immédiatement de notre hymne national, écouté tête découverte et superbement enlevé par l'Harmonie de l'Ecole professionnelle.

Cette jeune musique qui, l'année dernière, nous avait déjà apporté son patriotique et gracieux concours, a tenu à participer à nouveau à notre cérémonie du 5 juillet, sous l'habile direction de M. Brault. Nous nous en sommes réjouis, car c'est pour nous une très grande satisfaction de voir cet élément de jeunesse briller au premier rang de nos manifestations. Avec son imagination neuve, elle est plus accessible au côté de grandeur avec lequel on leur dépeint leur Patrie ; elle sent mieux aussi le côté vrai des sentiments exprimés, et cette leçon de patriotisme prend plus facilement racine dans leur jeune cœur.

D'ailleurs, en les voyant, ces jeunes enfants, on ne peut s'empêcher de tomber sous le joug d'un doux attendrissement.

Ne représentent-ils pas cette fleur toujours vivace : l'Espérance ?

Sur eux résident les destinées de la France, et c'est sur ces jeunes générations que retombera de tout leur poids les fautes du passé.

Nouveaux sauveurs, ils la relèveront cette Patrie bien-aimée, et si entre leurs mains la fortune de la France n'est pas près de péricliter, ils feront plus encore, ils la rendront glorieuse.

L'*Hymne russe*, lié maintenant intimement à notre chant national, a été exécuté par l'excellente musique de Bourg-Achard, qui a été après se placer en tête du défilé de tout le cortège, défilé fait avec beaucoup d'ordre, beaucoup de tenue, les bannières s'inclinant respectueusement en passant devant le Monument du Mobile, les clairons sonnant au champ, les troupes armées portant les armes, et les autres groupes saluant militairement.

Pendant ce défilé, l'essor a été donné à plusieurs centaines de pigeons réunis par les soins de M. Cottard, le dévoué président de la Société Colombophile, notre collègue au Comité, assisté de son aimable vice-président, M. Rique.

Cette journée, belle entre toutes, laissera dans nos esprits un souvenir durable par son importance et surtout par les effets qui ne peuvent être que profitables pour notre cher pays.

Voici maintenant les noms des personnes et notabilités autres que celles déjà nommées qui nous ont fait l'honneur de nous accompagner.

A eux aussi nous adressons un solennel merci. Quelles que soient les personnes qui prennent la direction de ce mouvement patriotique, le but poursuivi doit seul amener tous les concours.

Exalter la Patrie est donc un devoir pour tous, car ce sentiment représente la seule force morale capable d'engendrer les grands courages, à susciter les héroïques dévouements et de les élever à la hauteur des sublimes sacrifices.

Nous avons donc eu le bonheur de posséder des hommes distingués de la représentation nationale, dont la réputation s'est étendue jusqu'à nous par les services publics qu'ils ont rendu à la chose publique. Ce sont MM. Pazat, secrétaire du Sénat, et Desmoulins des Riols, tous deux sénateurs des Landes.

Le département de l'Ardèche, qui peut à si bon droit être fier de ses enfants tombés en combattant les odieux Prussiens, a contribué aussi, dans une large mesure, par sa représentation, à rendre notre cérémonie plus grandiose. A MM. Marc Sauzet et Dindeau s'était joint M. Odillon Barrot, tous trois députés ; et en venant, ces Messieurs, ces sénateurs et ces députés ont voulu nous apporter l'expression de la reconnaissance des parents des pauvres victimes dont nous fêtons si religieusement et si fidèlement la mémoire chaque année.

Cette reconnaissance nous est chère, mais, nous le répétons. nous n'y avons pas droit : le devoir d'honorer nos frères tombés si glorieusement incombe à tous, et c'est si vrai que ce que nous faisons, Messieurs les Ardèchois le feraient eux-mêmes si les circonstances l'avaient voulu.

A côté de M. Marcel Cartier se trouvait M. Bourgeon, autre adjoint à M. le Maire de Rouen, un de nos ligueurs les plus sympathiques.

Auprès de M. Danet, le président de la Société des Ardèchois, se trouvaient aussi M. le docteur Lesourd, vice-président, et le très aimable secrétaire, M. Emile Pourret, qui, par sa grande affabilité et sa courageuse initiative est devenu l'âme de cette si fraternelle association.

Puis venaient MM. le colonel Tulle, vice-président du 50e Mobile; Mouchel, maire d'Elbeuf; Magalon, maire de la Bouille; Picquenet, maire de Saint-Ouen-de-Thouberville, entouré de plusieurs de ses conseillers municipaux; MM. le Maire de Caumont; Compas, conseiller municipal; Cusson, inspecteur primaire; Dufour, le nouveau et très aimable proviseur du Lycée Corneille, qui a tenu à accompagner ses élèves, assisté de M. Tostain, surveillant général; Martel, directeur de l'Ecole professionnelle, dont nous sommes si heureux de posséder le concours de sa jeune musique; Barbier, vice-président de la Société de tir de Rouen; Legrix, vice-président des Anciens Militaires et

Marins vétérans ; de Vesly, le secrétaire du 50° Mobile ; Lefebvre-Mézand, président de la Société des anciens combattants de 1870-1871 ; Gosset, président de la Société des sauveteurs la « Jeanne-d'Arc » ; Bouet, président des Anciens Militaires coloniaux ; Houel, directeur de l'Asile des Enfants abandonnés de Bihorel, Buchy, président de la « Poste aérienne », de Déville ; Tranchepain, représentant du « Souvenir Français » ; Bertin, lieutenant commandant la Compagnie des sapeurs-pompiers de la Bouille ; Guibert, lieutenant, commandant de la Compagnie des sapeurs-pompiers de Bourg-Achard, assisté de son sous-lieutenant, M. Declausais, et MM. Sarrazin, Debœuf, Carliez, Sourdives, Quesnot et Flour, membres de votre Comité, et Lamy, notre ancien collègue.

Pour les Sociétés, nous allons les nommer suivant le rang qu'elles occupaient dans le cortège : MM. les Sapeurs-pompiers de la Bouille ainsi que ceux du Bourg-Achard ; les Volontaires de Normandie ; les Enfants abandonnés de Boisguillaume.

Les Sociétés de gymnastique « l'Avant-Garde » ; « la Rouennaise » ; « l'Estafette », de la Mi-Voie ; « la Ruche », d'Elbeuf.

Puis, les Ecoles Normale d'instituteurs, professionnelle, et le Lycée.

Ensuite, les Sociétés « les Anciens Militaires et Marins vétérans » ; « le 50e Mobile », « les Anciens combattants de 1870-1871 ».

Les Sociétés de sauveteurs « la Jeanne-d'Arc » et « les Hospitaliers de Rouen » ; les Sociétés de tir de Rouen et de Maromme ; les Anciens Militaires d'Elbeuf ; « la Poste aérienne », de Déville, « le Rapide », de Rouen, sociétés colombophiles ; et enfin, la « Société amicale des Ardéchois », de Paris, composée en partie par les braves mobiles qui avaient combattu à Moulineaux, et la Ligue.

La plupart de ces Sociétés ont déposé au Monument de magnifiques couronnes, prouvant ainsi, par ces hommages, que ce beau mausolée ne reste pas abandonné.

Puis, en tête des personnes qui nous ont fait parvenir leurs excuses, nous placerons notre très estimé préfet, M. Ernest Hendlé, empêché d'être avec nous par les multiples charges de ses hautes fonctions.

M. Maurice Lebon, député, et notre si distingué président d'honneur, M. Laurent, maire de la ville de Rouen et président honoraire.

MM. Leteurtre et Goujon, qui ne nous ont jamais ménagé

leurs marques de sympathie, et retenu par les exigences de leur mandat.

MM. Lesouef et Waddington, sénateurs de la Seine-Inférieure; Milliard et Parissot, sénateurs de l'Eure; Tillaye, sénateur du Calvados.

MM. de Voguë, qui conserve pour notre œuvre une si grande estime, député de l'Ardèche; Loriot, Leroy et Thorel, députés de l'Eure ; Paulmier et Delafosse, députés du Calvados ; Léglise et Denis, députés des Landes.

MM. de Bagneux, conseiller général, président du « 50ᵉ Mobile » ; Rochette, conseiller d'arrondissement et maire de Bosc-le-Hard; Papin, conseiller de préfecture; Levillain, adjoint à M. le Maire de Rouen ; Robert et Ruffault, conseillers municipaux ; Briois, président de « la Rouennaise » ; Bèque et Poisson, capitaine et lieutenant de gendarmerie ; Leblond, président des Sociétés de tir de Rouen et du « Souvenir Français » ; Bouvart, président des Anciens Militaires et Marins vétérans ; La Rouvière, président de la « Croix-Rouge française » ; Dupré, président du Conseil d'administration de l'Œuvre des enfants abandonnés de Boisguillaume, Léon Gy et Pailhès.

Puis, MM. Duval, Barbé, Pitot, Gravier, Hauzoux, Simon, Rollet, Peulvé, membres du Comité, ainsi que notre excellent collègue M. Paris, sous le coup si récent de l'affreux malheur qui est venu fondre sur sa très estimable famille.

« L'Union des Femmes de France », la « Croix-Rouge française » et le « Drapeau », d'Oissel, nous ont aussi exprimé leurs vifs regrets de ne pouvoir être des nôtres.

CÉRÉMONIE DU 1ᵉʳ NOVEMBRE

AU MONUMENT ÉLEVÉ AU CIMETIÈRE MONUMENTAL DE ROUEN

Aux Soldats morts pour la Patrie.

Ce pieux hommage que nous rendons aux restes glorieux de nos aînés morts pour la défense de la Patrie, avec le concours de nos fidèles amis, les zélés membres des Sociétés qui d'ordinaire nous accompagnent, a encore entraîné cette année une affluence très grande de la population rouennaise, et cela s'explique, notre coutume devenant une tradition d'autant plus respectée qu'elle s'appuie sur des sentiments intimes, sur des sentiments où le cœur a la plus large part.

Cette cérémonie s'est passée comme les années précédentes, avec le même ordre, la même entente, les mêmes concours généreux.

Au jardin de l'Ecole de médecine, le cortège s'est formé, et à l'heure indiquée, il s'est déroulé en un long et large ruban pavoisant ainsi le boulevard des chaudes couleurs des drapeaux et des bannières et entraîné par l'allure vive et enlevante des clairons.

A l'arrivée au Monument, les bannières et les drapeaux ont été disposés de manière à entourer le Mausolée.

Les Sociétés ont formé un vaste cercle dont le fond était garni par de nombreuses couronnes apportées.

Puis, c'est au milieu d'un profond silence que M. Emile Buisson, des mieux inspirés, a prononcé le remarquable discours suivant ;

« MESSIEURS,

« Le concours que vous nous apportez chaque année en venant de plus en plus nombreux est la meilleure des récompenses pour la Ligue Patriotique Rouennaise, dont le but est d'arriver à faire rendre les plus grands hommages à ces modestes héros auxquels la reconnaissance publique a élevé ce magnifique et triomphal monument.

« Vous connaissez, Messieurs, notre ligne de conduite, et jamais nous ne nous sommes éloignés de la règle que nous nous sommes tracée à nous-mêmes.

« Cette fidélité à nos principes est assurément une des causes de votre affection pour nous, et quand nous vous adressons une invitation, vous l'accueillez avec empressement parce que vous savez à l'avance que tout se passera suivant vos propres sentiments.

« Honorer nos morts, tel est le seul mobile auquel nous obéissons.

« La tâche est assez grande et assez belle pour que nous ayions à cœur de l'accomplir sans forfaiture comme sans faiblesse, en hommes qui ont souffert profondément des blessures faites à la Patrie, et qui, dans le calme et le recueillement, attendent patiemment le moment où la France reprendra vaillamment le rang auquel elle a toujours eu droit.

« L'hommage solennel que nous rendons ici chaque année aux

victimes de l'année terrible, est un des plus sûrs moyens que nous puissions employer.

« Chaque citoyen qui nous accompagne sent son cœur vibrer, et au moment du danger n'hésiterait pas à reprendre les dures fatigues du métier militaire.

« En dehors de cette enceinte, les échos de nos manifestations arrivent jusqu'à ceux qui n'ont pu venir, car, bonne fortune de toutes nos associations, la presse est toujours là, sans distinction d'opinion, pour nous encourager, divulguer nos actes et nous apporter le soutien de ce qui fait aujourd'hui la force de notre société moderne : la mise en contact par la liberté de tous les citoyens et de tous les patriotes.

« Aujourd'hui plus que jamais, la force est dans le calme. Mais vous m'en voudriez, au lendemain de ces grandioses événements que tous les patriotes ont vu se dérouler avec tant de bonheur, de ne pas faire même une simple allusion à ces événements d'une portée si considérable pour l'avenir.

Cherbourg, Paris, Châlons,

forment une trinité impérissable et inoubliable.

« L'histoire impartiale transmettra à nos descendants quelle fut la joie de la nation tout entière et quelles acclamations frénétiques accueillirent les hôtes illustres de la France, l'Empereur et l'Impératrice de Russie.

« Les 6, 7, 8 et 9 octobre resteront à jamais des dates mémorables, mais ces événements, quelque heureux qu'ils soient pour nous, ne doivent pas nous dispenser de continuer à travailler au relèvement et à la grandeur de la Patrie.

« Travaillons donc comme par le passé et surtout continuons à honorer solennellement la mémoire de nos chers morts.

« Ils ont été à la peine, qu'ils soient à l'honneur, et que nos manifestations restent l'image du culte qui est dû à tous les défenseurs de la Patrie.

« Vive l'Armée !

« Vive la France !

« Et avant de terminer, permettez-moi de remercier le sympathique Secrétaire général de la préfecture, représentant M. le Préfet ; M. Leteurtre, qui ne manque jamais de nous donner l'appui de sa présence à chacune de nos cérémonies ; MM. Levillain et Deshayes, adjoints à M. Laurent, maire de la ville de Rouen, et le représentant ; M. Ferry, conseiller général et président du Tribunal de commerce ; MM. Baumann, Compas, Fichet,

Houzard et Tierce, conseillers municipaux; M. le colonel Tulle, qui, lui aussi ne nous fait jamais défaut, et qui, comme ancien militaire, approuve sans réserve la portée de nos manifestations.

« Les « Volontaires de Normandie », les Enfants abandonnés de Bihorel; les Sociétés de gymnastique « la Rouennaise » et « l'Avant-Garde »; la « Croix-Rouge », représentée par M. le commandant Rochas; « les Anciens Combattants de 1870-1871 », ainsi que leur président, M. Lefebvre; le « 50° Mobile », avec leur dévoué secrétaire, M. de Vesly; les « Anciens Militaires et Marins vétérans », avec leur distingué président, M. Bouvard; les « Anciens Militaires coloniaux »; le « Souvenir Français », avec M. Leblond, président, et M. Tranchepain.

« Les Sociétés de sauveteurs les « Sauveteurs Rouennais », avec leur très dévoué président M. Paris, et la « Jeanne-d'Arc », avec MM. Lehucher et Montagne, vice-présidents, et M. Doucet, qui est à la tête de la délégation du Théâtre-des-Arts.

« Surtout, si un oubli a été commis, qu'on veuille bien me le pardonner, il ne peut être qu'involontaire, car votre cœur bat avec nous, et le nôtre est en communion d'idées avec vous tous.»

Une approbation générale a accueilli ces paroles empreintes de tant de conviction et de sentiments patriotiques.

Avant de se retirer, M. Buisson a tenu à expliquer l'absence, à cette cérémonie, de la bannière de la Ligue.

Le président de la Société patriotique et philanthropique des corps de la Marine, à Marseille, nous a écrit plusieurs fois d'une manière très aimable et très pressante pour que notre bannière figure aux obsèques grandioses qui ont été faites en cette ville, le 22 octobre dernier, aux restes de la colonne Bonnier qui a été massacrée à Tombouctou, vous vous en rappelez tous, Messieurs, et, ajoute M. Buisson, quoique repartie de Marseille, notre bannière ne nous est pas encore revenue.

Pendant que les couronnes et les bouquets étaient déposés au pied du Monument, une sonnerie claire et joyeuse s'est fait entendre.

Le Monument avait été entouré de fleurs et d'arbustes par les soins de notre patriotique administration municipale et sous la direction si bien entendue de M. Leleu, le directeur de nos jardins publics.

Le cortège s'est ensuite reformé pour atteindre la sépulture du capitaine Lecerf, et là, M. Buisson a rappelé en peu de mots la belle conduite de ce soldat pendant la campagne de 1870-1871, et la donne comme exemple aux jeunes générations.

A peu de pas de là, M. Doucet, accompagné d'une délégation des artistes du Théâtre-des-Arts et de toute l'assistance, s'est rendu au Monument élevé aux victimes de l'incendie de ce même théâtre, en 1896. Il y a prononcé, au nom du directeur et des artistes, quelques paroles empreintes des sentiments douloureux qui agitent les cœurs au souvenir de cette catastrophe présente encore à toutes les mémoires.

Le cortège s'est ensuite reformé, et poursuivant le chemin, est revenu, par un mouvement tournant et dans un ordre parfait, défiler à la sortie du cimetière où M. Buisson, accompagné de MM. Sarrazin, Simon, Pitot, Debœuf, Gravier, Barbé, Hauzoux, et Flour, membres du Comité, a de nouveau remercié toutes les Sociétés et les personnes qui s'étaient rendues à l'invitation de la Ligue Patriotique Rouennaise.

MM. Hendlé, préfet de notre département ; Lesouëf, sénateur ; Lebon, député ; de Bagneux, Octave Marais, conseillers généraux ; Rochette, conseiller d'arrondissement ; Papin, conseiller de préfecture ; Laurent, maire de Rouen ; Cartier et Malathiré, adjoints ; Legendre, Ruffault et Robert, conseillers municipaux, s'étaient fait excuser.

MANIFESTATION PATRIOTIQUE

DE BOSC-LE-HARD

Cette cérémonie qui ramène chaque année une grande partie des vaillants combattants de 1870-1871, c'est-à-dire les survivants du 2me Bataillon des Mobiles de la Seine-Inférieure, composé d'enfants de l'arrondissement du Havre, au pied du monument qui a été élevé à leurs frères morts face à l'ennemi, s'est effectué le vendredi 4 décembre, date même du combat.

La foule respectueuse et émue qui est venue rendre hommage à la mémoire de ces valeureux enfants était peut-être un peu moins grande que l'année dernière, l'année précédente ayant été l'étape qui a marqué le vingt-cinquième anniversaire de cette journée mémorable.

Malgré cela, le même cérémonial a accompagné cette manifestation où tant de souvenirs pénibles se réveillent et où tant de

cœurs généreux battent à l'unisson pour glorifier la mémoire de
ces fières victimes et viennent, avec une confiance illimitée, éta-
blir un parallèle entre le passé et le présent, en envisageant l'avenir
sous les couleurs les plus réconfortantes pour leur patriotisme.

A la gare se trouvait M. Rochette, le très aimable maire de
Bosc-le-Hard, entouré de tout son Conseil municipal et de personnes notables du pays.

L'honorable Compagnie de sapeurs-pompiers en armes, pré-
cédée des enfants des écoles, attendaient en dehors de la gare,
l'arrivée des délégations havraises, dieppoises, ainsi que les membres de notre Comité.

Puis, après les présentations, le cortège s'est mis en route
pour la mairie, aux accents très nourris de la Fanfare, si habilement
conduite par M. François, le directeur de la Fanfare du commerce
de Dieppe.

Aussitôt la messe terminée, le cortège reformé s'est dirigé vers
le cimetière, et c'est devant le monument, et au milieu du recueillement le plus profond, que M. le docteur Crouzet, vice-président
de la Société du 2me Bataillon des Mobiles du Havre et conseiller
d'arrondissement a pris la parole.

De son beau discours que nous avons le regret de ne point
posséder, nous nous rappelons qu'après avoir excusé MM. le colonel Rollin et le capitaine Malherbe de Marembois, il a salué la
mémoire de ses compagnons d'armes, et ajouta-t-il : « le nombre de
ceux qui combattirent ici diminue de jour en jour, la fatigue, les
infirmités, l'affreuse mort enlève de nos braves mobiles, de sorte
que dans un avenir que nous désirons voir encore bien loin,
aucun des nôtres ne pourra venir pieusement rendre visite aux
restes de nos chers camarades, heureux que d'autres Sociétés,
telles que la Ligue Patriotique Rouennaise, non limitées comme
nous dans leur existence, seront là pour continuer la généreuse
tradition ; aussi dès maintenant tenons-nous à la remercier chaleureusement de ne pas manquer à ce devoir sacré de la reconnaissance. »

Puis, M. Buisson, notre si distingué président, a pris la parole
en ces termes :

« MESSIEURS,

« Le culte du souvenir est heureusement impérissable parmi
nous, et à plus d'un quart de siècle de distance, nous ressentons
comme au premier jour les sentiments de reconnaissance et

d'affectueuse émotion qui nous furent inspirés par la conduite héroïque de ces courageux enfants qui vinrent tomber ici au service de la cause sacrée entre toutes, la défense du sol natal, et par conséquent la défense de la Patrie. Aussi, sommes-nous heureux, au-delà de toute expression, de voir autour de nous les vaillants survivants de ce brave bataillon auquel appartenaient les victimes que nous venons saluer comme chaque année et pour lesquelles notre admiration et notre respectueuse sympathie ne font que s'accroître d'année en année.

« Nous ne leur rendrons jamais trop d'hommages et nous ne glorifierons jamais assez leur mémoire.

« Ah ! si l'on se reporte à cette terrible journée du 4 décembre 1870, dans cette paisible et tranquille commune, et j'en atteste le souvenir de tous ceux qui y assistèrent, que d'angoisses ? que de cruauté, que de raffinement dans la vengeance et que de ressentiment haineux dans les représailles disproportionnées appliquées à nos pauvres petits Moblots.

« Leur crime était de défendre la Patrie avec toute la foi de leurs vingt ans, et l'ennemi impitoyable leur fit voir que la force prime le droit. Ah ! Messieurs, voilons-nous la face et tirons cet enseignement de cette exagération d'application des lois de la guerre, c'est que les Allemands devaient avoir eu bien peur et que nous pouvons nous écrier avec fierté :

« La population de Bosc-le-Hard et les Mobiles du 2me Bataillon qui l'ont défendue, ont bien mérité de la Patrie !

« Que leur mémoire nous soit toujours sacrée et que nos enfants continuent après nous à leur payer le tribut de reconnaissance qui leur est si légitimement dû.

« Un historien de cœur et de talent a dit en parlant des malheurs de la patrie :

« La plaie est toujours ouverte et saignante, il faut avoir le
« courage d'y mettre les mains, de la sonder et de la manier si
« on veut la guérir. »

« Paroles superbes qu'il faut graver dans nos cœurs.

« Le grand citoyen Gambetta avait dit précédemment :

« Y penser toujours, n'en parler jamais ! »

« Mais quel que soit le silence gardé, quels que soient les sentiments qui s'agitent au fond de notre être et de notre foi patriotique, gardons pieusement le souvenir de nos chers morts, honorons leur mémoire, multiplions de tous côtés les cérémonies qui exaltent leur courage et rappelons-nous qu'il y a une justice immanente, et qu'un jour à venir, nos enfants verront, si ce n'est nous, la glorieuse revanche de toutes ces humiliations, indignes d'un peuple civilisé.

« Vive l'Armée, et honneur aux braves qui reposent ici. »

Ce discours a été souligné par une approbation des plus sympathiques.

M. Rochette a clos ensuite la série par les paroles suivantes :

« MESSIEURS,

« La population de Bosc-le-Hard, vous lui rendrez ce témoignage, garde pieusement le dépôt qui lui a été confié.

« Les années passent, mais le souvenir de l'année terrible ne s'efface pas de nos cœurs, pas plus que dans les vôtres, Messieurs, car vous vous pressez toujours nombreux en cet anniversaire autour du monument élevé à la mémoire de ces braves qui moururent glorieusement pour la Patrie.

« Permettez-moi de vous remercier, au nom du Conseil municipal, de votre empressement, du culte que vous gardez à vos frères du 2me. Bataillon, et de vous assurer que nous veillerons jalousement jusqu'au bout à ce que le souvenir de leur héroïsme ne s'oublie pas parmi nous.

« Merci également à vous, Messieurs de la Ligue Patriotique Rouennaise et du Souvenir Français qui, depuis de longues années, venez à cette date apporter à ces victimes du devoir un tribut de reconnaissance impérissable.

« Ces anniversaires de l'année terrible ont trempé nos âmes et soutenu nos courages pendant la longue période d'épreuves que nous avons traversée ; mais ils ont aujourd'hui perdu de leur amertume douloureuse, car nous pouvons envisager désormais l'avenir avec fermeté, et nos morts savent maintenant qu'au jour décisif un autre drapeau se joindrait au drapeau de la France si nous devions jamais avoir à entreprendre une lutte pour la défense du sol de la Patrie.

« Vive la France ! »

M. Rochette a pu se rendre compte que si la solennité du lieu empêchait une expression bruyante de satisfaction de se produire, elle a été cependant si clairement manifeste qu'il peut être sûr de la reconnaissance de tous par le soin jaloux qu'il dépense pour ne pas laisser tomber dans l'oubli l'action de valeur et la mémoire de ces humbles victimes.

Après ces discours qui avaient été précédés d'un air funèbre interprété avec beaucoup de sentiment par la Fanfare, le Comité de la Ligue s'est rendu, suivi de tous les assistants, à la chapelle élevée dans le même cimetière, à notre regretté et si aimable ligueur, M. Léon Desjonquières, et là, M. Buisson s'est exprimé en ces termes :

« MESSIEURS,

« Il y a quelques mois à peine, plusieurs de mes collègues de la Ligue Patriotique Rouennaise, et moi, nous étions réunis à Bosc-le-Hard et nous avions la douleur de conduire au champ du repos, un des nôtres, l'infortuné Léon Desjonquières, qu'une maladie impitoyable venait d'enlever prématurément à l'affection des siens.

« Je n'ai pas à rappeler par quels devoirs de convenance la dépouille mortelle du cher défunt fut conduite dans une commune voisine, en attendant l'édification ici même d'un caveau de famille.

« Sollicité par quelques amis communs, je ne pus me refuser à prononcer quelques paroles, mais étranglé par l'émotion, j'exprimai fort imparfaitement les sentiments que je ressentis et que nous ressentions tous.

« Léon Desjonquières, un des heureux de la terre, s'est éteint en pleine force de l'âge, alors que rien de particulier ne faisait redouter l'événement fatal.

« L'aménité de son caractère, la loyauté de ses relations faisaient de lui un camarade sûr et dévoué ; son esprit, quoique très enjoué, avait le goût des choses sérieuses, et c'est ainsi que nous le voyons s'attacher avec le plus entier dévouement à la musique municipale de Bosc-le-Hard et accepter les délicates fonctions de président. Personne ici ne contredira mes paroles, son passage dans cette Compagnie fut un bienfait de tous les instants, et longtemps sa mémoire sera regrettée.

« Plus tard, il devient membre de la Ligue patriotique Rouennaise, cette grande famille si heureuse et si fière de contribuer au développement de cette idée sublime : « *l'Amour de la Patrie !* »

« Pourquoi faut-il que la mort impitoyable l'ait ravi si tôt à nos affections, alors que tant d'inutiles continuent à promener leur insouciance et leur nullité.

« Ta mémoire, cher Desjonquières, restera longtemps parmi ceux qui t'ont connu, nul n'oubliera ton bon sourire ni le cordial accueil que tu réservais à ceux qui avaient su s'acquérir ton estime et ta sympathie et au nom de la Ligue, au nom de mes collègues du Comité et au mien, j'adresse à ta famille l'expression de toute la peine que nous avons ressentie lors de ta cruelle disparition.

« Les paroles sont impuissantes à consoler de pareilles douleurs, mais elles sont un adoucissement, et nous prions Mme et M. Rochette, d'agréer l'expression bien vive de notre respectueuse affection. »

Cette expression de sentiments en face des restes de M. Léon Desjonquières, a soulevé dans tout l'auditoire une émotion violente et d'autant plus vraie, plus réelle que la plupart des assistants avaient été à même de juger la richesse de son cœur, l'aménité de son caractère et le devoir impérieux qu'il s'imposait à lui-même de faire le bien et de rendre service à tous. Aussi, M. Léon Desjonquières a-t-il emporté avec lui, dans sa dernière et froide demeure, l'estime, la reconnaissance et les regrets sincères de ses concitoyens.

Est-il nécessaire d'affirmer en ces pages que nous avons été frappé dans nos affections par sa disparition, et que la grande douleur qui a affecté sa si digne famille a rejailli sur nous bien vivement.

Le cortège s'est ensuite refait pour se rendre à la Mairie, où M. Rochette a tenu à réunir en un vin d'honneur tous les étrangers à la commune.

L'accueil vraiment cordial que tous les ans est réservé aux membres de notre Comité par la patriotique population de ce charmant petit bourg laisse dans la mémoire de chacun d'eux un souvenir qu'ils aiment à se rappeler.

Il en sera de même cette fois encore, aussi lui adressons-nous nos bien sincères remerciements.

A cette solennité se trouvaient :

MM. Emile Buisson, Emile Rollet, Debœuf, Duval, Hauzoux, Cottard et Flour, membres du Comité, et MM. le colonel Tulle et le commandant Leblond.

Deux jours après, le dimanche 6 décembre, au cimetière monumental de notre ville, une cérémonie à même caractère se faisait.

C'était la si digne Société du 50me Mobile qui, à son tour, venait rendre son pieux devoir du souvenir à la mémoire de leurs chers camarades, morts glorieusement à Champigny, à Buzenval et sous les murs de Paris.

Il nous a été donné la grande satisfaction d'entendre l'éloquent et si vibrant discours du très dévoué président de cette Société, M. le comte de Bagneux, et voulant laisser à nos chers Ligueurs une belle page patriotique, nous sommes heureux de pouvoir la reproduire.

C'est en ces termes que M. de Bagneux s'est exprimé :

« MESSIEURS, MES CHERS CAMARADES,

« En apportant notre couronne au pied de ce monument élevé à la mémoire de nos soldats tombés au champ d'honneur, en venant célébrer le vingt-sixième anniversaire de leur mort glorieuse, nous devons nous recueillir pieusement et évoquer, mieux que jamais, les graves pensées qui font battre nos cœurs et rendent toujours plus vivaces les terribles émotions que nous avons tous éprouvées, il y a déjà plus d'un quart de siècle.

« Je salue tout d'abord ce long cortège d'anciens combattants qui sont fidèles à notre réunion annuelle.

« Je salue les représentants de l'armée, de l'administration, de la cité rouennaise qui se sont unis à nous pour la glorification de nos morts.

« Je salue tous ceux qui, animés d'une généreuse et patriotique pensée, sont venus célébrer notre vingt-sixième anniversaire et entendre les appels d'outre-tombe que nous adressent ceux qui ont succombé pour la défense de la Patrie.

« L'an dernier, mes chers camarades, le président d'honneur de notre association fraternelle, M. le général Ladvocat a revendiqué l'honneur qui lui appartenait à si juste titre, de nous retracer les sanglants et glorieux combats auxquels nous avions pris part.

« Nous avons vu revivre devant nos yeux les chefs vaillants qui nous avaient conduits au feu, les généraux Renault, Ducrot, Berthaut, de Miribel, les colonels de Berruyer et du Mesnil-Gaillard.

« Nous conserverons toujours gravées en nos cœurs ces mémorables paroles du général Ladvocat qui résumaient admirablement le véritable caractère, la véritable signification de notre premier jubilé de vingt-cinq ans.

« Lorsque de l'autre côté de la frontière mutilée, nous disait-il, « nous parviennent les échos sonores de retentissants anniver- « saires, il nous est bien permis, en célébrant les nôtres dans un « pieux recueillement, de constater l'effacement progressif des « marques de la défaite et de proclamer notre ferme volonté d'en

« enlever peu à peu les derniers vestiges, hormis les souvenirs.

« Aux noces d'argent de nos voisins avec la victoire incons-
« tante, nous avons répondu par nos noces d'argent avec le relé-
« vement national. »

« Pour exalter nos cœurs, nos courages, nos espérances, permettez-moi de vous rappeler, mes chers camarades, que tous les
soldats de France, dont nous étions en 1870, ont arraché à leurs
vainqueurs eux-mêmes le tribut de leur vaillance, tribut que nos
enfants seront comme nous fiers de mériter un jour.

« Un de nos ennemis, un prince royal devenu empereur, Fré-
déric III, écrivait ceci sur les combattants de 1870 :

« Les Français, voulant vaincre ou mourir, donnent un spec-
« tacle digne des plus grandes épopées guerrières.

« Les Français ont montré qu'ils ne se laissent pas facilement
« abattre.

« Ils se reconstitueront ailleurs.

« Les enfants de la grande nation nous réservent des résistances
« farouches.

« Quelle vaillance des deux côtés.

« Et si les vainqueurs ont le droit d'être fiers, quel respect ne
« doivent-ils pas aux vaincus. »

« Ce respect qui nous est dû, mes chers camarades, deviendra,
soyez-en certains, de plus en plus grand avec le cours des années
qui feront de la France la véritable nation armée qui a voué un
culte inoubliable à ses enfants tombés en 1870, et qui saura effa-
cer les derniers vestiges de la défaite.

« Ce culte, entretenons-le toujours pieusement jusqu'à notre
dernier souffle et inculquons-le chaque jour aux générations qui
nous succèdent.

« Si nous jetons nos regards en arrière, ne voyons-nous pas le
chemin déjà parcouru ?

« Nos forces nationales sont reconstituées.

« Tous nos enfants sont soldats.

« Et qui voudrait derechef envahir la France se heurterait à
dix, douze, quinze corps d'armée courant à la frontière, mais
avec des armes plus perfectionnées que celles de nos aïeux, vainqueurs à Valmy.

« Quelle place, quel rang occupons-nous maintenant, nous, les
vaincus de 1870 ?

« N'avons-nous pas en Europe, que dis-je en Europe, n'avons-
nous pas au-delà des mers également, reconquis la place, le rang

48

dont nous avait fait momentanément déchoir le sort contraire des armes ?

« L'image de la France actuelle n'est-elle pas celle d'un soldat au repos, l'arme au pied, baïonnette au canon, la giberne pleine des premières cartouches, ne provoquant personne mais défiant qu'on le touche ?

« La reconstitution de notre armée, la conquête de notre place, de notre rang en Europe et dans les colonies, voilà les premiers fruits des leçons de 1871, voilà les résultats dont nos glorieux morts tressaillent de joie dans leurs ossuaires vénérés.

« N'est-ce pas à ces premiers fruits, n'est-ce pas à notre prompt relévement, n'est-ce pas à notre hâte de payer notre rançon, de secouer la présence et le joug de l'étranger, n'est-ce pas à l'étonnante vitalité de notre race que nous avons dû de voir notre alliance recherchée par un puissant empire qui chaque jour, par de nouveaux liens, cimente l'union de la Russie et de la France, désormais nécessaire à l'équilibre européen ?

« La France entière vibre encore des échos des inoubliables journées passées par l'empereur de Russie sur le sol français.

« Et l'Europe frémissante n'a pas été sans comprendre la signification des fêtes données à Versailles dans le palais du grand roi, qui ne nous rappellera plus la présence de nos vainqueurs dont la trace a été effacée à tout jamais par Nicolas II.

« Je vous disais en commençant, mes chers camarades, que nous accourions chaque année au pied de ce monument pour entendre les appels d'outre-tombe de ceux qui ont sacrifié leur vie pour la Patrie.

« Recueillons-nous donc pour entendre les voix de ceux dont les derniers regards ont été pour le drapeau de la France et les derniers vœux pour ses triomphes futurs; recueillons-nous et écoutons ce qu'après avoir tressailli dans leurs tombes, ils nous disent, ils nous crient après l'union définitivement cimentée de deux grands peuples pour la confraternité assurée des armes.

« France ! espoir !

« Oui, espoir, espoir, nous crient nos chers et glorieux défunts !

« Et, cet espoir, chacun de nous l'a fermement au cœur ;

« Et cet espoir ne fera que s'accroître de jour en jour ;

« Quand notre chère France a, somme toute, la plus belle épopée guerrière du siècle qui finit ;

« Quand notre chère France a dans ses fastes militaires des journées comme celles de Valmy et d'Iéna ;

« Quand notre chère France a eu des armées qui sont entrées dans toutes les capitales de l'Europe, tambours battants et drapeau claquant au vent ;

« Quand notre chère France a des soldats que nous venons de voir dans une campagne lointaine plus meurtrière que des batailles rangées, courir résolument à une mort certaine pour l'honneur de son drapeau, j'ai le droit, au pied de ce monument, j'ai le devoir, sous les plis du drapeau de la France, de résumer nos communes pensées, nos communes aspirations dans ce seul cri :

« France ! espoir !

« Si les petits-fils des vaincus d'Iéna ont fait l'Allemagne, les petits-fils des vainqueurs d'Iéna referont bien la France. »

A cette si superbe péroraison, toutes les mains se sont tendues vers l'orateur qui, lui, dans son for intérieur, a dû éprouver la douce satisfaction de se voir si complètement en conformité de sentiments, non seulement avec ses collègues au 50ᵉ Mobile, mais aussi avec toute l'assistance.

Pour nous, nous éprouvons un vif plaisir de pouvoir donner en ces pages, à la Société du 50ᵉ Mobile, ce témoignage de nos sentiments de bien sincère et bien cordiale confraternité.

FRANCE. — RUSSIE

Ne pas vous toucher un mot, Messieurs, du grand événement qui s'est passé en France en octobre dernier, vous paraîtrait étrange, et rien à vos yeux ne pourrait excuser cet oubli.

Aussi, telle n'est pas notre intention ; au contraire, c'est pour nous une très grande satisfaction de vous rappeler cette si belle, si grandiose manifestation de sentiments, de sincère amitié qui unissent la France à la Russie, commencée à Cherbourg pour se terminer par la splendide revue du camp de Châlons.

Cette manifestation a eu d'ailleurs une telle intensité que toutes les fibres du patriotisme français en ont été énergiquement secouées, depuis Paris, pour se répercuter jusqu'à la plus petite bourgade, jusqu'au plus infime des hameaux.

En effet, la grande âme de la Patrie a ressenti en ces journées, qui ne pourront jamais être oubliées, et que l'histoire enregistrera comme un des événements les plus importants de ce siècle, les plus douces, les plus fortes émotions : la joie débordait de tous les cœurs, assise sur le fait le plus imprévu, le moins croyable : la visite de Leurs Majestés l'Empereur de toutes les Russies et de l'Impératrice à notre gouvernement, la République française.

L'importance de cet événement s'est fait ressentir dans toute l'Europe, et les impressions qu'il a fait naître dans tous les pays ont été instructives pour nous. Inutile de dire quelle a été l'appréciation de la presse française ; elle a été unanime à reconnaître la grandeur, la franchise de ce pacte d'amitié.

En Russie il en a été de même ; nous notons cependant la suivante :

« Il ne s'agit pas, parlant de l'alliance franco-russe, non de la fraternisation platonique de deux peuples, qui est déjà notoire, mais de la consécration définitive, rationnelle, annoncée au monde entier, de l'amitié et de la fraternisation de deux puissants pays, dont le but est la pacification de l'Europe.

« En vue de ce but, ils marchent la main dans la main, ayant conscience de la grandeur du problème grandiose qui leur est échu.

« Les sentiments avec lesquels toute la Russie suit de loin les événements qui se déroulent en France sont absolument les mêmes qui animent maintenant les cœurs de tous les Français.

En Allemagne, ce sont de lourdes railleries, cachant, mais ne pouvant y parvenir, la profonde inquiétude des Allemands et leur non moins profond dépit.

De l'Italie nous vient un affaissement moral des plus caractérisés : l'ère de la provocation est passée et le découragement se fait jour.

De l'Angleterre, en avisée et pratique qu'elle est, la tenue a été parfaite, mais sous cette réserve se cache aussi un dépit d'autant plus vif qu'elle voit que l'isolement de la France est maintenant passé et qu'il en résultera par la suite un règlement plus juste, plus équitable des événements dans lesquels les intérêts de cette dernière seront engagés.

Les autres puissances, comme l'Espagne, la Grèce, la Suisse, la Belgique, la Hollande, et bien d'autres, nous ont manifesté des sentiments de sympathie et reconnaissent avec joie que la force n'est pas appelée à toujours primer le droit. »

Voilà, Messieurs, quelle a été l'impression de l'Europe ; c'est le commencement de la revanche morale et la récompense bien due à la sagesse du pays et des hommes qui ont dirigé la politique de la France.

Touchant maintenant les principaux faits qui ont souligné le passage de Leurs Majestés, nous cueillerons ceux où notre patriotisme a été le plus particulièrement impressionné.

D'abord l'Empereur saluant respectueusement et avec émotion la belle statue de Strasbourg toujours revêtue de son deuil.

C'est en cette circonstance où surtout nos souvenirs douloureux devaient s'imposer, d'autant plus même que la présence du Tsar rouvrait notre espérance en nos cœurs toujours endoloris.

Puis la visite au Panthéon. Là encore une union intime des plus délicates est venue par nos hôtes nous remuer profondément. Carnot représentait à nos yeux un idéal de droiture, et sa mort foudroyante et dramatique avait affligé tous les Français. Participer si directement, comme l'ont fait l'Empereur et l'Impératrice, à notre douleur, était une manière manifeste et des plus sentimentales, parler à notre cœur encore ulcéré par cet affreux malheur.

Dans cette même journée, qui a été celle des échanges de gratitude et de délicats souvenirs, il y a eu la pose de la première pierre du pont Alexandre-III. L'idée de donner ce nom à ce monument est significative et ne pourrait que toucher profondément le cœur du jeune empereur qui a dû voir combien la grande mémoire de son père est vénérée des Français. N'est-ce pas lui d'ailleurs qui a jeté les premières bases de cette union confraternelle des deux peuples, de cette entente de la France et de la Russie, deux nations intimement unies maintenant par les liens d'une solide, franche et loyale amitié ?

La dernière cérémonie de ces jours d'allégresse a été la revue de Châlons.

C'est là, Messieurs, que se pressaient en rangs serrés, en bataillons superbes, en escadrons magnifiquement entraînés, tout ce que la France possède de plus généreux, de plus beau.

Nos jeunes soldats, heureux et fiers du rôle qui leur était tracé, ont voulu se montrer à la hauteur de ce rôle, aussi ont-ils été tous superbes.

C'est là aussi que Nicolas II a pu voir une France régénérée, relevée, qu'il a pu juger la valeur de notre armée et la force qu'elle représente, et il s'expliquera certainement pourquoi : oublier pour nous est impossible. Il comprendra notre ferveur et notre ténacité en nos souvenirs et toute la joie que nous éprouvons en voyant sa main amie donner un nouvel élan à nos chères espérances.

Lui-même, en traversant notre bien-aimée Lorraine, après ces courtes fêtes, et rentré dans le recueillement, sentira son cœur impressionné vivement et ému à toutes ces pensées généreuses, et il comprendra plus facilement alors pourquoi la plaie faite à la France en 1871 saigne toujours.

Ayant promis, Messieurs, dès les premières pages de ce compte rendu, de n'être pas long, je terminerai cet article en vous mettant sous les yeux les réponses de l'Empereur de Russie aux toasts qui lui ont été portés.

Ces paroles deviennent des monuments historiques, car c'était la seule manière que possédait l'Empereur de faire entendre sa voix à toute l'Europe, mais principalement aux Français.

D'ailleurs ces paroles nous ont procuré trop de suaves émotions pour que nous ne nous fassions pas une joie de les consigner dans ce recueil.

D'abord le premier toast porté à Cherbourg par M. le Président de la République :

« C'est avec une grande joie que, accompagné des présidents du Sénat et de la Chambre des députés, j'ai reçu aujourd'hui Votre Majesté Impériale et Sa Majesté l'Impératrice.

« Le Président de la République est certain de répondre aux sentiments de la nation française en se faisant l'interprète des vœux unanimes qu'elle forme pour la famille impériale, pour la gloire du règne de Votre Majesté et pour le bonheur de la Russie.

« Demain, à Paris, Votre Majesté sentira battre le cœur du peuple français, et l'accueil qui sera fait à l'Empereur et à l'Impératrice de Russie leur prouvera la sincérité de notre amitié.

« Votre Majesté a voulu arriver en France escortée par nos escadres ; la marine française lui en est très reconnaissante. Elle se rappelle avec orgueil les nombreuses marques de sympathie dont l'entoura votre auguste père, et la part qu'il lui a été donnée de prendre aux manifestations de Cronstadt et de Toulon.

« En souhaitant la bienvenue à Votre Majesté sur le sol de la République, je lève mon verre en l'honneur de l'Empereur et de l'Impératrice de Russie. »

L'Empereur répond :

« Je suis touché de l'accueil sympathique et cordial qui nous a été fait à Cherbourg.

« J'ai beaucoup admiré l'escadre qui nous a escortés, ainsi que le bateau amiral *Hoche*.

« En touchant le sol de la nation amie, je partage les sentiments que vous venez d'exprimer, Monsieur le Président.

Je lève mon verre en l'honneur de la nation et de la flotte française, en l'honneur de ces braves marins.

« Je remercie Monsieur le Président de la République pour les souhaits de bienvenue qu'il vient de nous exprimer. »

Puis viennent les toasts qui ont été portés au dîner de l'Elysée.

Par M. Félix Faure :

« L'accueil qui a salué l'entrée de Votre Majesté dans Paris lui a prouvé la sincérité des sentiments dont j'ai tenu à ce qu'elle reçut l'expression en touchant le sol de la République. La présence de Votre Majesté parmi nous a scellé, aux acclamations de tout un peuple, les liens qui unissent nos deux pays dans une harmonieuse activité et une mutuelle confiance dans leurs destinées.

« L'union d'un puissant Empire et d'une République laborieuse a pu déjà exercer une action bienfaisante sur les deux mondes. Fortifiée par la fidélité éprouvée, cette union continuera à répandre partout son heureuse influence.

« Interprète de la nation tout entière, je renouvelle à Votre Majesté les souhaits que nous formons pour la grandeur de son règne, pour le bonheur de Sa Majesté l'Impératrice, pour la prospérité du vaste empire dont les destinées reposent entre les mains de Votre Majesté Impériale.

« Qu'il me soit permis d'ajouter combien la France fut touchée de l'empressement avec lequel Sa Majesté l'Impératrice a bien voulu se rendre à ses vœux ; son gracieux séjour laissera dans notre pays un ineffaçable souvenir.

« Je lève mon verre en l'honneur de Sa Majesté l'Empereur Nicolas et de Sa Majesté l'Impératrice Alexandra-Feodorowna. »

L'Empereur Nicolas II a répondu :

« Je suis profondément touché de l'accueil qui nous a été fait, à l'Impératrice et à moi, dans cette grande ville de Paris, source de tant de génie, de tant de goût, de tant de lumière.

« Fidèle à une inoubliable tradition, je suis venu en France saluer en vous, monsieur le Président, le chef d'une nation à laquelle nous unissent des liens si précieux.

« Ainsi que vous l'avez dit, cette amitié ne peut avoir, par sa constance, que la plus heureuse influence.

« Je vous prie, monsieur le Président, d'être l'interprète de ces sentiments auprès de la France entière.

« En vous remerciant des vœux exprimés pour l'Impératrice et

pour moi, je bois à la France, et je lève mon verre en l'honneur
de M. le Présldent de la République française. »

Au diner qui a suivi la grande et magnifique revue de Châlons,
M. Félix Faure a pris la parole en ces termes, et il a été écouté
debout par toutes les personnes présentes :

« Votre Majesté va nous quitter, après un séjour qui laissera
dans les annales de nos deux pays un ineffaçable souvenir.

« Comme un sourire d'heureux augure, le charme de la présence de S. M. l'Impératrice restera gracieusement lié à cette
visite.

« A Paris, Vos Majestés ont été acclamées par la nation toute
entière. A Cherbourg et à Châlons, elles ont été reçues par ce qui
tient le plus au cœur de la France : son armée et sa marine.

« L'armée française salue ici Votre Majesté. A chacun des fréquents anniversaires de leur glorieux passé, les marins et les soldats français échangent avec leurs frères de Russie les témoignages de leur cordialité et de leurs vœux.

« Aujourd'hui, au nom de l'armée et de la marine françaises,
je prie Votre Majesté de recevoir, pour ses armées de terre et de
mer, l'affirmation solennelle d'une inaltérable amitié.

« Je bois à l'armée et à la marine russes.

« Je lève mon verre en l'honneur de Sa Majesté l'Empereur
Nicolas II et en l'honneur de Sa Majesté l'Impératrice Alexandra-
Feodorowna. »

Le Tsar choque son verre contre celui du Président et répond
en ces termes :

« Dans le port de Cherbourg, à notre arrivée, je pus admirer
une escadre française. Aujourd'hui, à la veille de quitter votre
beau pays, j'ai eu le plaisir du spectacle militaire le plus imposant
en assistant à la revue des troupes sur le terrain habituel de leurs
exercices.

« La France peut être fière de son armée. Vous avez raison de
je dire, monsieur le Président, les deux pays sont liés par une
inaltérable amitié.

« De même, il existe entre nos deux armées un profond sentiment de confraternité d'armes.

« Je lève mon verre en l'honneur de vos armées de terre et de
mer et je bois à la santé de M. le Président de la République française. »

Et pour clore tous ces témoignages de sincère affection et en donner, avant de quitter le sol français, une dernière preuve, Nicolas II, de Pagny-sur-Moselle, la dernière gare française, a adressé le télégramme suivant :

« Pagny-sur-Moselle, 9 octobre, 11 heures 4 soir.

« *A Monsieur le Président de la République française, Paris.*

« Au moment de traverser la frontière, je tiens à vous exprimer, M. le Président, encore une fois, combien nous sommes touchés, l'Impératrice et moi, de l'accueil chaleureux qui nous a été fait à Paris. Nous avons senti battre le cœur de ce beau pays de France dans sa belle capitale, et le souvenir de ces quelques jours passés parmi vous sera profondément gravé dans notre cœur.

« Je vous prie, M. le Président, de vouloir bien faire part de nos sentiments à la France entière.

» NICOLAS. »

De son côté, M. Félix Faure avait envoyé la dépêche suivante :
« Au moment où Vos Majestés quittent la France, je tiens à ce qu'elles reçoivent une nouvelle expression de la joie que nous a causée leur visite. Les vœux de la République française accompagnent Vos Majestés jusqu'au seuil de leur Empire et dans la glorieuse durée de leur règne.

» FELIX FAURE. »

Il ne nous reste plus, Messieurs et chers Ligueurs, qu'à conserver au fond de nos cœurs ce rayon de bonheur qui est venu dissiper pour quelques instants nos tristesses et nos amertumes pour illuminer notre foi patriotique et nos espérances les plus chères.

Nous abordons maintenant, Messieurs, la page destinée à nos collègues, que le gouvernement a jugés dignes d'être récompensés pour services rendus soit à la chose publique, soit à des intérêts généraux.

En tête de ceux-ci, nous trouvons notre très estimé président honoraire M. Laurent, maire de Rouen.

Nous vous disions, Messieurs, il y a deux ans, que la Ligue semblait porter bonheur à ceux qui se dévouaient pour elle. Cette même réflexion nous vient à l'occasion de la croix de la Légion d'honneur accordée à notre président honoraire. En effet, depuis que M. Laurent, à la tête d'hommes dévoués comme lui, a mené à si belle fin l'œuvre si patriotique du monument élevé au Cimetière-Monumental aux soldats morts pour la Patrie, nous le voyons prendre une part des plus actives dans les affaires de notre ville, conseiller municipal très apprécié, adjoint au maire, sa place, à la tête de la municipalité, s'est trouvée désignée avec une grande netteté, quand le dévoué maire, M. Leteurtre, notre si sympathique ligueur, a quitté l'Hôtel-de-Ville de Rouen pour remplir son mandat de député.

Mais il n'est pas utile, ou plutôt il est superflu de vous faire connaître l'homme aimable qu'est M. Laurent, et ce qui convient le plus en ce recueil est de lui envoyer de cette réunion l'écho des sentiments unanimes de sympathie que nous éprouvons tous pour sa distinguée personne, et lui donner ainsi l'assurance du souvenir qu'il conserve dans notre reconnaissance.

Le second, Messieurs, est M. Knieder, conseiller général. Pour lui aussi, notre besogne est d'autant plus agréable qu'elle est facilitée par les excellents rapports qui l'unissent à notre œuvre. De plus, cette distinction touche doublement nos cœurs, car elle atteint un exilé qui n'a pas hésité un seul instant d'abandonner sa terre natale, un de ceux pour qui la vue de l'envahisseur devenait une honte qui lui faisait monter le rouge de la colère au visage. Mais ce n'est pas à ces titres qu'il doit le ruban de la Légion d'honneur, c'est principalement comme industriel et comme homme de science.

Grâce à son activité, à son talent, il a remis sur un pied de prospérité, impossible à prévoir dès le début, l'immense établissement qui avait pour nom : les Usines Malétra de Petit-Quevilly, donnant ainsi par son intelligente et paternelle direction le pain quotidien à tout un monde de travailleurs qui éprouvent pour lui les sentiments de la plus profonde reconnaissance.

De plus, Messieurs, notre belle Exposition, dont il a été l'âme, est venue nous démontrer ce dont M. Knieder était capable comme administrateur, car ceux qui se sont trouvés un peu mêlés à cette œuvre qui la place parmi les plus belles de province, lui reconnaissent la somme prodigieuse de travail et de dévouement dont le si estimé président et directeur, M. Knieder, a fait preuve.

En troisième lieu, Messieurs, nous reconnaissons hautement et bien volontiers la courageuse initiative de l'homme dévoué qui a consacré tout son temps et bien des veilles pour cette charmante Exposition ouvrière où tant de merveilles ont été entassées, merveilles dues aux laborieux travailleurs qui ne comptent que sur eux-mêmes, basant ainsi sur leur travail leur élévation, leur dignité et leur considération.

C'est bien en effet dans cette ravissante Exposition que l'on peut se rendre compte de ce que l'effort particulier et l'amour du travail peuvent engendrer.

Aussi, tout en adressant à ces artistes l'expression de notre admiration, nous sommes heureux de voir que M. Damez a été l'inspirateur de ce déploiement du génie de ses camarades, et à ce point de vue les palmes académiques qui lui ont été décernées sont des mieux placées, nous l'en félicitons chaleureusement.

Puis, continuant la série, ce qui revient à dire que dans notre chère Ligue les personnes de dévouement ne manquent guère, nous avons notre très sympathique vice-président, M. Émile Rollet, auquel ont été données les palmes académiques.

M. Emile Rollet est un de ceux qui ne marchandent ni leur travail, ni leur temps, pour être utiles à leurs concitoyens. A ce titre, il possède une des premières places. En effet, étant conseiller municipal, il a rempli les fonctions de secrétaire du Conseil pendant toute une période de quatre ans, et, pendant ce temps, il s'y fit remarquer par la netteté et la précision de ses procès-verbaux ainsi que par ses rapports qui prouvèrent le soin avec lequel il étudiait les questions qui lui étaient confiées.

Puis, après, il devint conseiller d'arrondissement, assemblée où il rend de nombreux services à ses électeurs.

Mais, Messieurs, tout en tenant un large compte des services qu'il rend à la chose publique, il y a eu d'autres raisons à cette marque distinctive, et, si les premières sont très honorables, les secondes priment cependant les premières, car elles touchent de plus près aux intérêts vitaux du pays.

M. Rollet a donné, en effet, de nombreuses preuves d'un patriotisme ardent, en soutenant, avec une énergie inaltérable, une œuvre éminemment patriotique : nous voulons parler de la Société de tir où il a déployé un dévouement difficile à décrire, et, c'est le cas de le reconnaître en ces pages, c'est associé avec de vaillants comme lui que cette œuvre, à la veille de sombrer, s'est relevée avec une vitalité telle, que de longs jours lui sont assurés, que de grands succès lui arriveront, succès d'autant plus heureux que de leurs effets dépend peut-être l'avenir de notre belle France.

Est-ce tout ? Non, Messieurs, car aidé par une intelligence très vive, M. Rollet a pu toucher à bien des causes. Il a encore défendu certains principes d'économie commerciale, ainsi que les intérêts des petits commerçants qui, dans ce temps de monopoleurs, dans cette rage de concentration, ont tant à souffrir. Puis, pour terminer et ne toucher que les points les plus saillants, nous dirons encore que n'abandonnant aucun des moyens d'action dont notre état de défense peut avoir besoin à un moment donné, il aide puissamment à développer, comme président de la Fédération colombophile, le charme pour ces gracieux volatiles, les pigeons, qui seront des auxiliaires précieux pour nous renseigner sur les faits et gestes d'un ennemi qui, pour être vaincu, aura besoin d'avoir contre lui toutes les ressources de notre vitalité nationale.

Dans la même journée, M. Antieul, conseiller municipal, a reçu aussi les palmes académiques.

Si nos souvenirs nous sont fidèles, voilà près de douze ans que M. Antieul consacre son temps et son intelligence aux affaires municipales. Ses sages avis sont écoutés avec déférence et attention en cette Assemblée, et cela parce que ce long stage en ses fonctions d'élite lui donne une supériorité, une entente plus étendue pour les affaires, et aussi parce qu'il remplit cette charge avec un dévouement qui n'a jamais fait défaut.

M. Antieul tient en notre Ligue une des premières places, car fidèle à notre cause, il est resté notre ligueur depuis la fondation de notre Compagnie.

Il en est de même de M. Ludovic Gully : lui aussi est un de nos plus vieux ligueurs, lui aussi a trouvé notre œuvre belle et reconnaît nos efforts pour la maintenir à la hauteur de la cause sacrée dont nous nous faisons les apôtres.

M. Gully a obtenu la rosette d'Officier de l'Instruction publique. C'est un zélé de l'enseignement populaire, un vulgarisateur de cette belle science de l'astronomie, qui offre un côté si poétique et si attrayant.

Ses travaux et son dévouement en ont fait un homme précieux, et pour la Ligue de l'enseignement et pour bien d'autres œuvres auxquelles il prête, sans compter, et son temps et son talent.

Tous ont présents devant les yeux les mille services qu'il rend aux admirables conférenciers attirés par la Société normande de Géographie, en venant donner un intérêt si vif par ses projections de vues photographiques, prises sur les lieux mêmes où ces voyageurs intrépides transportent leur auditoire, voyageurs qui, en portant ainsi bien loin l'influence de la France, donnent la preuve de leur grand amour en la Patrie.

Puis vient M. Feuillet, percepteur à Bosc-le-Hard.

M. Feuillet est l'infatigable président du Cercle sténographique rouennais. La somme des efforts qu'il a donnés à cette œuvre est considérable.

Il est plus qu'un vulgarisateur, il est aussi un innovateur et, dans le monde des sténographes, il occupe un des premiers rangs, car il a fait faire un grand pas dans la voie du progrès à cet art si utile qui, en permettant de saisir ainsi au vol la parole de l'improvisateur ou de l'orateur, vient aussi aider puissamment à nous faire une histoire établie incontestablement sur la vérité.

M. Feuillet a reçu, comme haute récompense, les palmes académiques.

Et pour clôturer cette heureuse série, M. Chouland, qui est de notre Ligue depuis longue date, a été décoré de l'Ordre du Mérite agricole.

M. Choulant est un de ces agriculteurs qui, au lieu de suivre une routine qui n'est souvent que trop désespérante dans ses résultats, mettent leur intelligence au service de leur art.

Il va de l'avant et voit ses efforts récompensés. Puisse son exemple être suivi par ceux qui, comme lui, travaillent la terre.

Il est le maire de Notre-Dame-de-Bondeville depuis bien des années et ses administrés savent apprécier le bien que, dans ses fonctions, il répand dans sa commune. De plus, il s'est donné aux œuvres patriotiques, et il n'est pas de sacrifices qu'il ne fasse pour les voir prospérer et, par conséquent, profitables à son pays.

Ces titres étaient plus que suffisants pour qu'il obtienne cette marque distinctive, aussi nous en réjouissons-nous avec lui.

Il nous reste, Messieurs, avant de conclure ce petit travail, la pénible mission de vous mentionner les noms de nos chers camarades disparus ; qu'ils emportent au-delà de la vie matérielle l'expression de notre gratitude pour nous avoir aidé dans notre œuvre patriotique. Ils représentent pour nous un exemple à suivre par leur foi tenace en la Patrie, et si leurs espérances et leurs désirs de revoir une France non mutilée n'ont pas été accomplis de leur vivant, ils possédaient la légitime certitude que leur Patrie bien-aimée était redevenue une grande nation. Ce sont :

MM. Léon Desjonquières ; Garez ; Guillout ; Halbout ; Hamel ; Leclerc ; Leguelinel ; Maris ; Mme Blanchemain.

CONCLUSION

· Quand l'homme quitte tout travail, affaibli par le labeur de toute son existence, usant ainsi ses dernières années dans un repos largement mérité, il utilise toujours ses heures de délassement pour rentrer au fond de lui-même. Il se retrace alors toute sa vie écoulée ; il analyse son bilan moral ; il ramasse ainsi toutes les impressions qui ont assailli son cœur et, est-il nécessaire de le reconnaitre, la somme des peines et des douleurs dépasse de beaucoup celle des joies.

A eu beau dire comme le poète :

> Les douleurs sont des folles...

dont il ne faut prendre nul souci, mais ce sont des folles dont les étreintes ont laissé quand même une trace indélébile de leur passage.

Parmi toutes ces douleurs, celles qui ont certainement creusé leur sillon le plus profond, le plus cruel dans la mémoire des bons patriotes, celles qui ont le plus meurtri leur pauvre cœur, sont celles qui ont accablé la Patrie, et, à leur souvenir, l'on voit ces mêmes vieillards, désillusionnés cependant de la vie, laisser couler silencieusement sur leurs joues amaigries des larmes amères de désespérance.

Il est donc bien tenace ce sentiment d'amour de la Patrie ?

Oui il est tenace, car ce sentiment naît de l'essence même de l'homme, car il s'appuie sur toute une suite d'événements terribles.

Ils ont vu, en effet, la Patrie envahie, isolée, pillée. Ils ont lutté eux-mêmes contre l'Allemand. D'autres ont vu leurs enfants combattre jusqu'à leur dernier souffle, verser sur les champs de bataille jusqu'à la dernière goutte de leur sang, et comme récompense à tous ces sacrifices si durs, il ont encore vu la France mutilée et leurs frères arrachés du sol natal. Qui voudrait donc qu'ils oublient ?

Bien sombres souvenirs, et que l'on comprend bien cette douleur muette qui est venue empoisonner toute leur vie.

Il en est de même, Messieurs, pour tous ceux qui ont vu la fatale guerre de 1870-1871, et il est impossible de se rappeler toutes ces choses sans sentir monter, du fond de soi-même, le désir ardent de laver les injures faites à la Patrie.

Le souvenir : stimulant énergique de notre patriotisme à tous.

. Aussi ne cesserons-nous de le répéter, notre rôle principal à nous tous, ligueurs, est de ne pas rester dans une expectative décourageante. Nous devons, au contraire, ne pas laisser endormir nos espérances.

Si nous voulons vaincre à un moment donné, il faut toujours être en éveil, et, pour cela, il faut toujours penser aux destinées de la Patrie, en parler dans notre entourage à chacun.

Je le répète, c'est notre strict devoir. Celui qui parle avec conviction et avec cœur est toujours sûr d'amener à lui des adeptes, et n'est-ce pas la plus douce satisfaction que l'on puisse obtenir de soi-même ; faire reconnaître vrai ce qui passionne le plus et semer ainsi la bonne parole, cette parole ne pouvant être que conciliation et fraternité sous le même drapeau, le seul, l'unique pour tous, le drapeau national, dont l'harmonie des trois couleurs rappelle d'ailleurs l'entente et l'union de tous les Français à un des moments les plus difficiles de notre histoire.

Et, dans cet ordre d'idées, permettez-nous de faire un peu d'histoire rétrospective :

« Le dimanche, 22 juillet, à six heures du matin, les canons placés au Pont-Neuf commencèrent à tirer et continuèrent, d'heure en heure, jusqu'à sept heures du soir. Un canon de l'Arsenal répondait et faisait écho.

« Toute la Garde nationale, en six légions, réunie sous ses drapeaux, s'assembla autour de l'Hôtel-de-Ville, et l'on y organisa les deux cortèges qui devaient porter dans Paris la proclamation. Chacun avait en tête un détachement de cavalerie avec trompettes, tambours, musique et six pièces de canon. Quatre huissiers à cheval portaient quatre enseignes : Liberté ; Egalité ; Constitution ; Patrie. Onze officiers municipaux en écharpe, et, derrière, un garde municipal à cheval portant une grande bannière tricolore où s'étalaient ces mots : « Citoyens, la Patrie est en « danger. » Puis venaient encore six pièces de canon et un détachement de garde nationale. La marche était fermée par un détachement de cavalerie. La proclamation se fit sur les places et sur les ponts. A chaque halte, on commandait le silence en agitant des banderolles tricolores et par un roulement de tambour. Un officier municipal s'avançait et, d'une voix grave, lisait la proclamation du Corps législatif et disait : « La Patrie est en danger ! »

Cette solennité était comme la voix de la Nation, son appel à elle-même. A elle, maintenant, de voir ce qu'elle avait à faire, ce qu'elle avait dans le cœur de dévouement et de sacrifice ; de voir qui voulait combattre, défendre cet immense patrimoine de libertés conquis hier, qui voulait sauver la France et l'espérance du monde.

Des amphithéâtres avaient été dressés sur toutes les grandes places, comme au parvis Notre-Dame, pour recevoir les enrôlements. Des tentes étaient placées sous des banderolles tricolores et des couronnes de chêne ; sur le devant, une table simplement jetée sur deux caisses de tambour. Des municipaux, avec les notables siégeaient pour écrire et donner aux enrôlés leurs certificats ; à droite, à gauche, les drapeaux gardés par les hommes de leurs bataillons.

L'amphithéâtre était isolé et défendu par un grand cercle de citoyens armés et deux pièces de canon. La musique était au centre et faisait entendre des hymnes guerriers et patriotiques.

On avait bien fait d'entourer ainsi les amphithéâtres. La foule s'y précipitait. Le cercle des factionnaires suffisait à peine à la repousser. Tous voulaient arriver ensemble et être conscrits d'une fois. On les contenait, on les écartait pour régler l'inscription. Quelques-uns seulement passaient, qui gravissaient impatients les escaliers, se pressaient aux balustrades ; à mesure que d'autres venaient, les inscrits redescendaient et allaient s'asseoir dans le grand cercle de la place, chantant avec la musique et caressant les canons.

Tous y étaient mêlés ; il n'y avait ni haut ni bas, ni supérieurs, ni inférieurs : c'étaient des hommes, voilà tout ; c'était la France qui se précipitait aux combats.

Messieurs, ceci est de l'histoire pure, véridique, et c'est notre grand historien Michelet qui relate ces faits simplement, et simplement guidé par la voie de la vérité.

C'est aussi une page resplendissante du patriotisme d'alors, et ajouter un mot serait la déflorer.

Nous ne pouvons cependant la relire sans un certain frémissement, empoignés par cet élan irrésistible qui, en 1792, a animé nos pères.

Nous devons aussi reconnaître ce que ce mouvement patriotique avait de grand, de sublime, ce que ce soulèvement de tout un peuple avait d'immense, de colossal : mais la Patrie était en danger.

En vous relatant ce fait, connu de vous, Messieurs, nous n'avons qu'un seul but, le maintenir présent à vos mémoires afin que l'exemple qui s'en suit demeure pour nous tous la seule ligne de conduite compatible avec notre passé, avec notre honneur, avec l'esprit de notre race.

Le jour où nous aurons à défendre notre Patrie arrivera, et alors nous n'aurons plus besoin ni de trompettes ni de tambours pour qu'aux quatre coins de la France l'on sache que la Patrie est en danger : les profondeurs des forêts des Vosges nous renverront seules l'écho du canon. Ce sera le signal.

Et alors, debout, tous, citoyens : que l'image de nos pères passe devant nos yeux.

Vous trouverez armes et équipements dans les arsenaux, et sus à l'Allemand.

Tirez, frappez, comme le dit cet odieux ennemi, pour qu'il ne vienne pas à nouveau souiller notre France bien-aimée de ses lourdes et puantes passions.

Que le courage, la vaillance et l'esprit de sacrifice nous animent tous comme ils ont animé nos aînés, car nous avons à laver l'injure reçue. Nous avons à replacer notre pays à la place qu'il a perdue, la première, la seule digne de sa gloire ancienne, et c'est alors, et après cette réparation, que joyeux nous viendrons, comme l'a dit notre si brillant poète Albert Lambert, jeter au pied du tombeau de nos amis :

> ..... Notre moisson de lauriers
> Pour parfumer leur sommeil d'un beau rêve.

Vive la France ! et encore vive la France ! ! !

H. FLOUR,

Secrétaire de la Ligue Patriotique Rouennaise.

www.ingramcontent.com/pod-product-compliance
Lightning Source LLC
Chambersburg PA
CBHW060819180626
46818CB00002B/885